中公新書 2290

吉田 類著

酒場詩人の流儀

中央公論新社刊

はじめに

人生を旅に喩《たと》えるのは、いにしえからの理《ことわり》だった。僕の人生も、未知の海原《うなばら》へ漕《こ》ぎ出す船旅ではなかったろうか。

旅が半ばを迎えるころ、過ぎ去った日々の記憶と同行《どうぎょう》していることに気付く。出会いと別れを繰り返してきた記憶は、膨らむばかり。時として、狂おしい喪失感に打ちひしがれる。けれども、人の記憶には深い悲しみを和らげる術《すべ》が備わっている。言わば、忘れ去る能力だ。

そうでもなければ業《カルマ》の重みに耐えかねて沈没しかねないし、身軽でなければ長旅は続かない。

だから僕の乗り込んだ船には、「忘却号」という名が付いている。

夏休みになったばかりの晴れた日、子供たちだけで登った標高千数百メートルの里山があった。頂上へ連なる峰々は植林の準備のために伐採されており、荒涼たる草原風景を呈していた。通称〝禿山《はげやま》〟と呼ぶ以外の知識を誰ひとり持っておらず、登山経験の乏しい少年たちにとっては大冒険だった。

見渡す限りの山並みが紫紺《しこん》のグラデーションのシルエットを成して打ち重なり、果ては空の青へ溶け入る。

南方へ視野を移せば土佐《とさ》湾を幽《かす》かに望むことができ、水平線のあたりはキラキラと白く輝いていた。海はあまりにも彼方《かなた》の光景だったが、それゆえ、山間《やまあい》で育った少年の好奇心を掻《か》き立てる。

ちょうどその頃の僕たちは、野生の雛《ひな》が巣立ちの時期を迎えるのに似ていた。この日の冒険が、海の向こうへのあこがれを決定づけたように思う。

同じ年の秋、僕は生まれ育った故郷を離れた。

再び訪れることができたのは、半世紀を経た後だった。

そこで目にした故郷の原風景は、ことごとく成長した五十年杉を主とする人工植林で覆い尽くされていた。もはや、蝶《ちょう》やトンボが群れ飛んでいた小川も涸《か》れ、花の蜜を吸った山つつじの咲き乱れる杣道《そまみち》も失われている。

本書の元となる連載への動機は、故郷の自然に対するオマージュと鎮魂の意を表したいとう思いだ。

旅の途中、山形県が発祥とされる「草木塔《そうもくとう》」の自然観を知った。江戸時代、幕府へ供出する良質の建築材を伐《き》り出すため、最上川《もがみかわ》の源流筋に当たる朝日《あさひ》連峰が選ばれた。伐採された天然の樹木は、川流しで運ばれる。

山肌は抉《えぐ》られ、イワナの棲《す》む渓流が破壊された。それを悼《いた》む出羽《でわ》三山の僧侶や山伏《やまぶし》たちが自然石に「草木塔」と刻んで供養塔を建立した。これには、自然と人との共生する思想が反映されている。

この地方では、山菜に手を入れて育成しながら採るという。

僕の旅に欠かせないアイテムは、酒と俳句だ。ほろ酔うて胸襟《きょうきん》を開けば、人の縁の輪が広がる。そこで本音の挨拶《あいさつ》句を心中へ秘めおく。許されるなら酒肴《しゅこう》に一句を披露するのも一興。

酒を百薬の長と心得るのは常だが、深酒による失態も無くはない。

酔いの勢いも手伝って、締めの酒をジンや泡盛のような蒸留酒（スピリッツ）で呷《あお》る癖がある。蒸留酒は、火酒と綴《つづ》って「かしゅ」とも読む。

「火酒過ぎて　亡者の船に　揺られたる」

なんて事態は避けたい。

とはいえ、酒豪の酒場詩人と呼ばれるうちが花かもしれませんな……。

少年期から始まった旅三昧《ざんまい》の半世紀、芭蕉《ばしょう》が『おくのほそ道』の冒頭文で記した「漂泊の思ひやまず」は、僕の心の中からも消えることがなかった。

本書の一節ごとに込めた吟遊詩の一片《ひとひら》。

あなたの心の隅へ、そっと沈澱《ちんでん》させてもらえばなおのこと嬉《うれ》しい。

酒場詩人の流儀　目次

III 酒飲み詩人の系譜

IV 酒精の青き炎

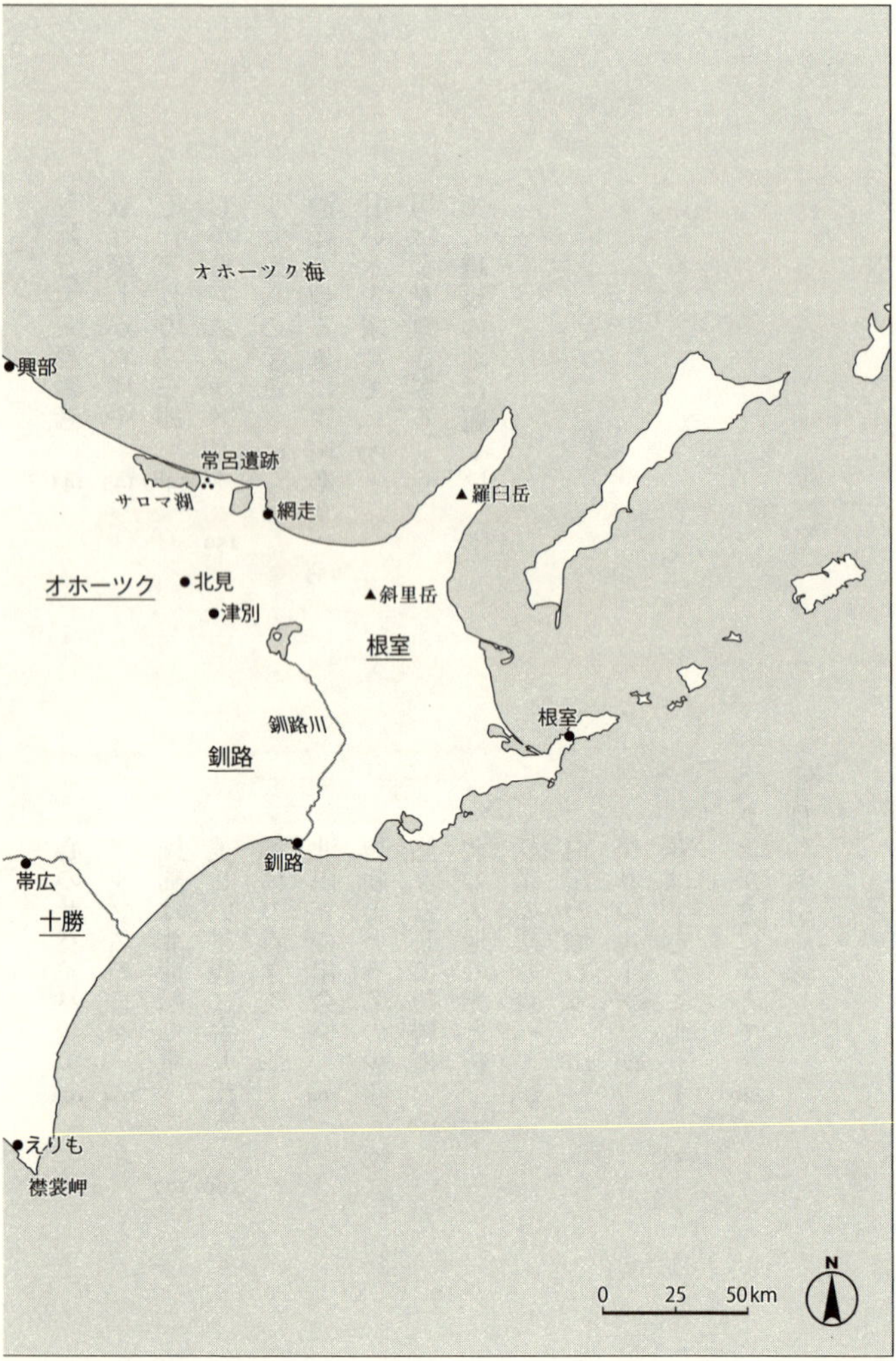

オホーツク海
興部
常呂遺跡
サロマ湖
網走
羅臼岳
オホーツク
北見
斜里岳
津別
根室
釧路川
根室
釧路
釧路
帯広
十勝
えりも
襟裳岬
0 25 50km
N

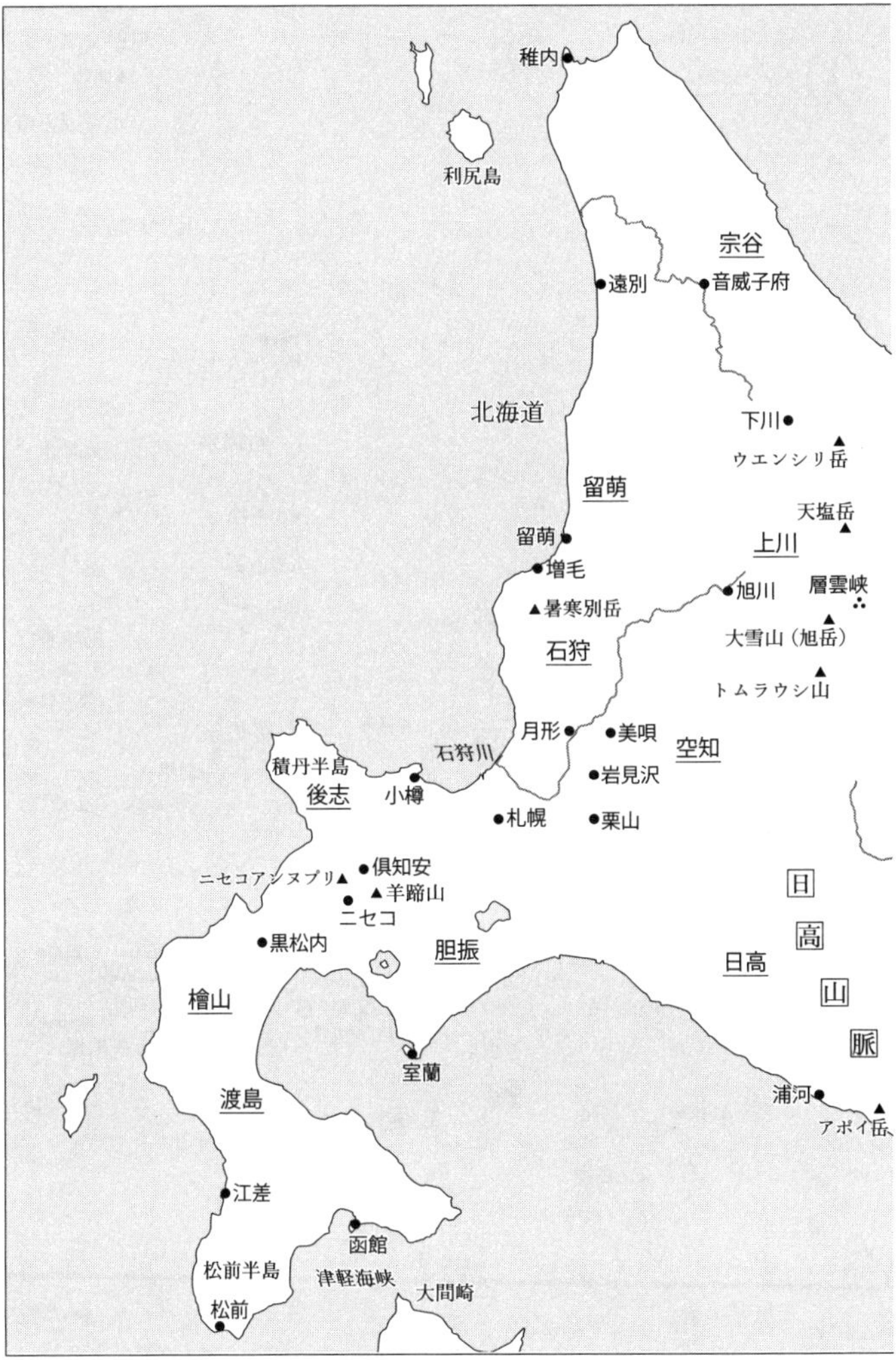
稚内
利尻島
宗谷
遠別
音威子府
北海道
下川
ウエンシリ岳
留萌
天塩岳
留萌
上川
増毛
旭川
層雲峡
暑寒別岳
大雪山（旭岳）
石狩
トムラウシ山
月形
美唄
空知
石狩川
積丹半島
岩見沢
後志
小樽
札幌
栗山
倶知安
日高山脈
ニセコアンヌプリ
羊蹄山
ニセコ
黒松内
胆振
日高
檜山
室蘭
渡島
浦河
アポイ岳
江差
函館
松前半島
津軽海峡
大間崎
松前

N
0 25 50km
酒田
最上川
鶴岡
月山
山形県
朝日岳
村上
佐渡島
新発田
新潟
阿賀野川
新潟県
会津若松
福島県
小千谷
能登半島
輪島
八海山
湯沢
栃木県
糸魚川
七尾
飛
驒
山
脈
神通川
宇都宮
長野
群馬県
富山
富山県
前橋
立山
金沢
小諸
白山
奥穂高岳
槍ヶ岳
小松
西穂高岳
飛驒
長野県
埼玉県
石川県
高山
八ヶ岳
さいたま
雲取山
木
曽
山
脈
福井
東京都
山梨県
東京
赤
石
山
脈
北岳
甲府
陣馬山
高尾山
福井県
岐阜県
間ノ岳
丹沢山
横浜
農鳥岳
神奈川県
富士山
岐阜
富士宮
沼津
名古屋
静岡
滋賀県
愛知県
静岡県
大津
三重県
津

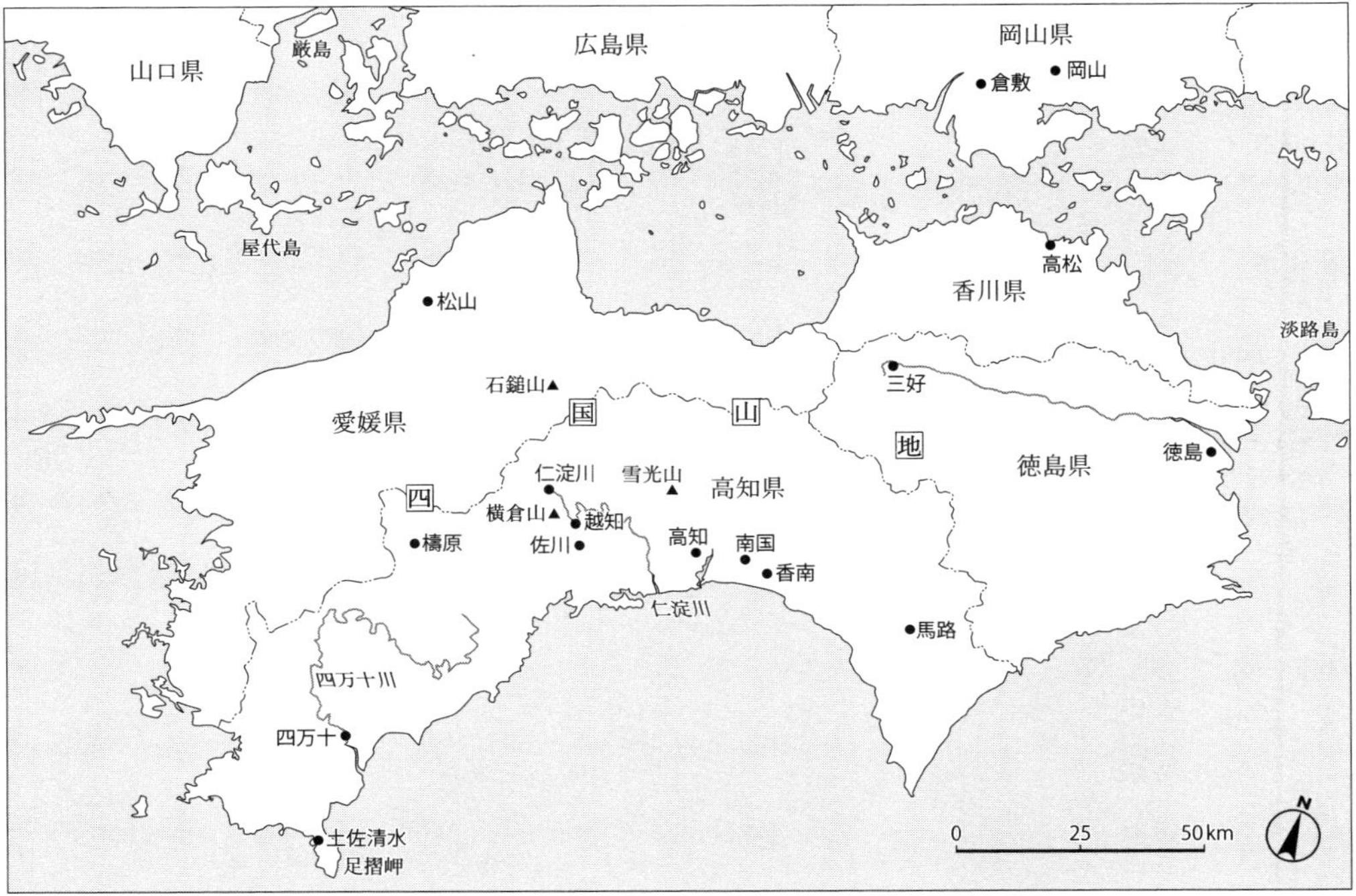
山口県
厳島
広島県
岡山県
倉敷
岡山
屋代島
高松
松山
香川県
淡路島
三好
石鎚山
国
山
愛媛県
地
徳島
徳島県
仁淀川
雪光山
高知県
四
横倉山
越知
橋原
佐川
高知
南国
香南
仁淀川
馬路
四万十川
四万十
土佐清水
足摺岬
0
25
50km
N

本書は、『新潟日報』朝刊連載の「晴雨計」（Ⅰ部）と「酒徒の遊行」（Ⅱ・Ⅲ部）、『北海道新聞』夕刊連載の「酒縁ほっかいどう」（Ⅳ部）をまとめたものである。各話の末尾には新聞掲載日を略記した。書籍化にあたって、読みがなを振るなどの加筆をほどこし、「はじめに」「あとがきにかえて」と俳句索引を付した。

酒場詩人の流儀

I

酒徒の遊行

酒徒の遊行

「ほらっ、酔っぱらいのおじちゃんだよ」

中国系をはじめ、外国人観光客らで賑《にぎ》わう浅草《あさくさ》の仲見世《なかみせ》を歩いている時のこと。孫を抱えた中年男性が顔をほころばせて近づいてきた。僕は、男性が半身《はんみ》に構えて差し出した幼児の手を軽くつまんで握手した。まだ正午過ぎのことで、酔っていたわけじゃあない。こんな風に〝酒飲み〟の語を冠せられるのは、飲み歩きの酒場レポートがテレビ番組となっているからだ。

でも、ありがたいことにこの国ではさほど不名誉なことじゃあないらしい。ま、いくぶん公認の飲んべえってことです。とはいえ、ほろ酔うにつれ、心は止めどなく解けていくタイプ。緊張感も緩めば深酔い後のリスクだって大きい。果ては、地獄か極楽かの綱渡りとなりかねん。

もともと酒との出会いは、高知県の郷里・仁淀川町《によどがわちょう》の神祭で奉納する御神酒《おみき》だった。その神祭の御神酒を飲んだイガ栗《ぐり》頭の腕白が、悪酔いして小学校を無断欠席したことがある。

同じ集落の大人が面白半分に勧めたという。これには都会から赴任してきたばかりの女先生も苦笑するほかなかった。

近郷の山村は土佐《とさ》和紙の原料となる落葉低木のミツマタやコウゾを栽培する兼業農家が多かった。各家々の土間には、和紙の原材料を束ねて蒸す大釜付きのカマドが設置されていた。蒸してふやけた原材料の皮は剝《は》がしやすくなり、やがて和紙の繊維に加工される。

この装置は、天井から逆さに吊《つる》された木製の桶《おけ》が大釜を塞《ふさ》ぐ仕掛けなので、そのまま酒造りに転用できる。金属製の蒸留器を取り付ければ、焼酎造りは難しくない。事のついでに芋焼酎を密造する家があった。物資の乏しい戦後期、都市部に比べればかなり上質な焼酎が造れた。下戸《げこ》の母親が見よう見真似《みまね》で造った焼酎は評判だった。

婚礼の酒宴が二昼夜続く土地柄であってみれば、その旺盛な消費量に見合う酒造りは必須。それを密造という手段で補ったのだろう。たいていの農作物が地産地消で賄《まかな》えるスローフードののどかさがあった。

旅に出ても、人はおのずと原風景への回帰を図っている節がある。さて、次は雪見酒だ。

酒精火《しゅせいび》となりて遊行《ゆぎょう》の枯野かな

（二〇一一・二・四）

野生と人里

東京の板橋《いたばし》区に、鳥獣肉を食わせる料理酒場「新潟」がある。屋号が示すとおり店主は新潟出身で現役のマタギ。カモ、イノシシ、シカ、クマなどの肉の鍋料理のほか、刺身や串焼きにして供する。もっとも東京の中心からだって一～二時間も車を走らせれば、奥多摩《おくたま》や丹沢《たんざわ》といった狩猟の可能な山里風景と出会える。そこにもシカ猟が行われているが、フレンチのジビエ料理と比べられるような調理法が普及しておらず、今のところシカ肉の需要を喚起できないままだ。

奥山の開発が進み、狩猟に携わる人も減った。増えすぎて飢えたシカが樹皮をかじって枯らし、里へ降りた猿は農作物を荒らす。各地で野生と人里との境界線がほころび、修復に苦慮している。広大な原野を残す北海道も例外ではない。果たして、その実態はどうだろうか。年の初め、新しく加わった俳句仲間で、鳥獣保護調査員を兼ねるベテラン・ハンターを、札幌に訪ねた。

「これほど狩猟に適した土地は、世界中探したって無いですよ。ほかは、増えすぎたシカ対策に、狩猟を奨励しているドイツくらいでしょう」。中背で引き締まった身体がいかにも猟師向き。この俳句仲間の案内でエゾシカ猟に付き合わせてもらうことにした。場所は積雪量の少ない道央のえりも町。数年にわたって、周辺の夏山で過ごした経験のある土地だ。札幌からえりもへ向かう数日前、二〇〇メートルもの列で移動するエゾシカがニュースになっていた。

「うん。えりもならあり得る」。僕はそう確信した。

えりもへ近づくにつれ、地元のハンターたちによるシカ猟の様子が四輪駆動に搭載された無線機のスピーカーから洩《も》れ聞こえる。目指す山裾《やますそ》の猟場は近い。見覚えのある牧場を一直線に突っ切ってしばらく進むと、「ダッダーン」と、どこからかライフル銃の音がこだました。やがて、林道沿いの狩猟現場へと到着。

そこには数人のハンターの足元で、不揃《ふぞろ》いの角を持った一頭の牡鹿《おじか》が横たわっており、鮮血が雪上に散っていた——。

獣《けもの》撃つ野に一瞬の冬紅葉《ふゆもみじ》

（二〇一一・二・二八）

末期の疾走

かつて獣肉は滋養のために食され、〝薬食《くすりぐ》い〟と呼ばれた。俳句の世界では冬の季語ともなっている。明治の文明開化以前は、殺生と獣肉の食習慣を忌み嫌う仏教の影響下にあった。それゆえ〝薬食い〟などというウイットに富んだ方便が生まれたのだろう。俳句や川柳をたしなんだ江戸っ子好みの言い回しかもしれない。

えりも町を訪れたのは、ほぼ一〇年ぶりだ。濃密な野生との接触体験を持った地で、エゾシカの肉は当たり前のように酒の肴《さかな》だった。ヒグマと初遭遇した林道や、初夏に淡いピンク色で谷を染めるエゾコザクラソウ（蝦夷小桜草）の光景がよみがえってくる。日高《ひだか》山脈の南端に位置するこのエリアは、多種の高山植物の宝庫として知られるアポイ岳へも近い。これらの生態系への配慮からか、エゾシカの狩猟頭数の規制は以前よりも大幅に緩められていた。

地元ハンターたちの利用する共同解体所へ立ち寄らせてもらった夕刻。すでに数頭のエゾシカが処理される最中だった。そこへ四輪駆動車の後部に結わえつけられていた九〇キロ前後の牡鹿が運び込まれ、そのまま後ろ脚の膝関節《しつかんせつ》部分に処理用のフックを掛けてつり下げられた。

「こう見えても、シカの生命力は強靭《きょうじん》ですよ」。俳句仲間のハンターは、ライフル銃で腹部が撃ち抜かれたエゾシカを六時間余りも追跡したという。「やっと追い付いて、苦しまないようにと心臓を刺したら、一滴の血も残ってなかった」

普通、斜面で草を食《は》むシカの群れが銃声を聞くと、驚いて一斉に山側へ駆け登る習性がある。この時、撃たれた一頭だけが横か下方へ向かって走る。銃弾の衝撃が本能を狂わせるらしい。一発で絶命に至らない限り走り、腸を引きずりながらでもうずくまっては休み、人が近づけばまた駆け始める。なんともエゾシカの生命力は、ヒグマさえも上回るようだ。

「この間ね、でっかいヒグマがエゾシカを餌にした罠《わな》で捕獲されたんだわサ。五六〇キロだよ」。旧交の挨拶《あいさつ》にと訪ねた、地元神社の神主の話だ。

その夜、シカの刺身を土産《みやげ》に札幌のホテルへ戻ったものの、野生の興奮が冷めやらない。

冬の罠一角獣の眠る街

（二〇一一・二・二五）

自然との間合い

日ごろハシゴ酒を常とする我が身。酒がらみの仕事が幾日も続く時は山歩きのための時間を割く。

ここ数カ月の間、北海道で山歩きをする機会に恵まれた。きっかけは酒の肴にエゾシカを食したことからだった。さらに、えりもで捕獲されたヒグマの五六〇キロという巨大さにも驚かされた。現在、遺伝子レベルでの研究も進んでおり、エゾヒグマには、北部、東部、南部と三系列の異なるＤＮＡタイプが認められている。えりもを含む北海道南部のヒグマは最も古い時代に渡来した種類らしい。

それにしても、あの巨体が野山を駆け巡る姿を想像してもらいたい。彼らの棲息《せいそく》は、自然環境の豊かさの証明にほかならず、人との共存関係だって保たれている。サケやシカなどの腐肉臭に誘われて鉄檻《てつおり》へ入った例の巨大ヒグマが、やすやすと捕獲されたことを思えば、棲息数のコントロールも可能だと思える。

「ハンターは残酷だと思われるんですよ」。静かに語った、親しいハンターの横顔が浮かぶ。確かに、エゾシカの丸い目で見つめられてもハンターは躊躇《ちゅうちょ》しない。一瞬の迷いで撃ち損じるからだ。

夜行性のエゾシカは夕暮れが近づくと、警戒心のないかのごとく人前に姿を現す。先日もカメラを携えてエゾシカの作った獣道へ踏み入った。しかし、エゾシカとの距離を、そうやすやすとは詰められない。肉食獣との間合いを本能的に心得ているからだ。

けれども銃弾はこの間合いをものともしない。高性能のライフルなら五〇〇メートル先の心臓だって撃ち抜くという。野生動物にとっては、理解できない現実だろう。

冬ごもりしていたクマたちが巣穴で目覚め、山菜は妖精みたいな爪、手、足を地表にのぞかせる。まさに山笑うがごときになる。そろそろエゾシカの糞《ふん》だらけだった獣道の凍土が解け、虫たちの這《は》い出てくる啓蟄《けいちつ》の候。あの大地は足元でむずむずし始める。

啓蟄や釈迦《しやか》の足《あ》うらの渦文様《うずもんよう》

（二〇一一・三・四）

聖なる酔女

酔っぱらい列伝に名を残した女性も少なくないだろう。誰かのエッセイにあった女流作家のエピソードは、着物の裾をたくし上げ、立ちションで雪上へ文字を書いたというものだった。その種の際どい遭遇はないものの、印象に残る女性の酔っぱらいが幾人かいる。

まだ戦後の庶民酒場が活気を保っていた昭和五十（一九七五）年ごろ。東京のJR高円寺《こうえんじ》駅近くの商店街脇《わき》にあった、コの字型カウンターの典型的大衆酒場でのことだ。連日、三〇人を超す職人やサラリーマンで賑わっていた。そこへ三十歳前後の女性が一人、やや緊張した面持ちで入ってきた。店の女将《おかみ》は、それとなく我々のグループの輪へ、その女性を促した。派手な朱色のツーピースながら、見るからに品の良い面立ちの女性。地方の高校教師を辞め、数カ月前に単身で上京したらしい。店先へ溢《あふ》れる歓声に惹《ひ》かれて暖簾《のれん》をくぐったようだが、その判断は甘かった。なにせ客たちの興が高じるとカラオケまで飛び出すという当時でも珍しい店。当然、美女は好奇の眼《め》にさらされる。とても民謡や演歌など歌えるタイプじゃあなかったから一大事。

「わたしは、生来の音痴なのよ」。断ったものの、興を削《そ》いでは気の毒とばかりに、「モノマネをやります」と続けた。ハンドマイクを手渡された女性の頬《ほほ》は衣装と同じ色に染まっていた。そして、突如響き渡る牝馬《ひんば》の雄叫《おたけ》び、「ヒヒヒーン」。無論、店内が凍りつき、客たちは絶句。おののいた中年の酔っぱらいがグラスを土間へ落とした。

今でも大衆酒場で単独の女性を見かけると、あの夜が思い出される。もっとも、カラオケを置く民謡酒場とて、もうめったにない。また、最近の女性飲んべえは酒場の空気が読めるようになってきた。とはいえ、酔っぱらった知人の女性が振り回したバッグのエッジで、危うく前歯を落とされそうになったことがある。幸い、彼女は歯科医だったので丁寧に治療してもらったけれど、微妙なズレはそのまま残った。それでも、痴に見えて聖なればこその酔女……。だから愛《いと》おしいじゃあないか。

痴に聖にきみほろ酔うてうららなり

（二〇一一・三・一一）

危機と向き合う

都心からJR中央線で一五分ほどのところに位置するベッドタウン。この町の駅前商店街と並行するケヤキ並木の通りが、東日本大震災の体験現場となった。その激震の伝播《でんぱ》を受けた瞬間、僕はコイン駐車スペースへ停《と》めたワンボックスカーの中部座席にいた。まるで大きな横波を喰《く》らった手漕《てこ》ぎボートのごとき左右の揺れに数十秒間もまれつつ、巨大地震の到来が実感された。

ケヤキの梢《こずえ》は波打ち、信号塔の振幅も限界すれすれ。素早く車道へ降り、走行する車の有無を確かめ、ビルからの落下物や倒壊の危険スペースからできるだけ離れて第二波の揺れに身構えた。ところが、周囲の人々は身じろぎもせずその場に佇《たたず》んだまま。恐怖の表情は見て取れるものの、事態を静観するかのようだった。

実はこの間、仕事仲間へ携帯で電話中だった。連絡がつかず留守電に要件を告げ始めた矢先、急遽《きゅうきょ》地震の実況中継となった。三月十一日、午後二時四十七分着信。通話の途切れるまでの記録が知人の携帯に残っている。留守録は、巨大地震と震源地から広がるであろう列島崩壊のイメージさえ漂わせていたという。

やがて、商店の買い物客たちは余震の続くなか、三々五々と歩きだし、凍りついていた街の光景が再始動を始める。僕は、愛用のザックへ常備してある携帯ラジオを取り出してオンにした。ライターほどのサイズだが、性能はいい。イヤホンから津波警報の語が幾度となく洩れてくる。そして、一連の惨状報道へとつながっていった。その夜、都心の交通は麻痺《まひ》し、徒歩による帰宅を余儀なくされた数十万単位の人々が郊外へ向けて整然と行進した。

風光明媚《めいび》で緑豊かな列島といえども、日本は絶えず地殻変動を含む自然災害の脅威にさらされてきた。江戸の後期に隆起した象潟《きさかた》もあれば、噴煙を上げる九州の桜島《さくらじま》や新燃岳《しんもえだけ》だって見てきたばかりだ。津波のような眼前に迫る危機の回避は、経験と訓練された対応能力が要る。せめて原発に象徴される人為的危機だけでもコントロールしたい。

ハイテクの罠に堕《お》ちたる不夜の街

（二〇一一・三・一八）

We're all in the same boat.

関東エリアも災害対策の一つとして、三時間程度の計画停電を実施している。当然、不便さはあるものの、まだ市民生活が混乱するほどじゃあない。しかし、電池やトイレットペーパー、食料品などは、買いだめのせいで極端な品不足を招いた。〝備えあれば患いなし〟とばかりの衝動買いに違いないが、これはかえって復興の妨げとなるのは周知のとおり。

それればかりか、今や〝備え〟の及ばなかった災害と直面している。ただ、未曽有《みぞう》のこととして容認するには疑問が残る。歴史上に名を連ねる大地震災害は、震度の違いこそあれ、おおむね未曽有と呼ばれたのではなかったか。

今回は、沈静化の見通しがたい危機だけれど、いくぶん支援の方法が見え始めた。遠い昔に学んだ英語の一文が浮かぶ。We're all in the same boat. 僕たちは、美しい日本列島という同じ舟に乗った運命共同体。傷ついた舟の修復に、命を賭して当たる人たちがいる。それを思えば、買いだめに奔走する気にはならないし、危機をあおり立てる見出しに踊らされたくもない。

延期を余儀なくされるイベントの数々。笑いさえはばかる自粛ムードが広がる。一切が生気を失っては、長患いになりかねん。いつもどおり酒を飲もう。できる限り東北の酒蔵の銘柄を選ぼう。音楽を楽しみ、通い慣れた里山の芽吹きを愛《め》で、昆虫や小動物たちとの遭遇を喜びたい。

そう言えば、新潟は山菜の味が格別。豪雪で押さえこまれていた山野が強い春光を浴び、一気に目覚めるかららしい。だから山菜が柔らかくてみずみずしいのだという。被災者と元気を分かち合うのにふさわしい春の恵みだ。季節の移ろいを実感することで癒されるに違いない。

忍耐を強いられる被災地にもかかわらず、そこで暮らす人々の冷静さは、日本人の美徳として海外メディアが絶賛する。列島は、世界の人知が及ぶ限りのサバイバル支援を受けている。だからというわけじゃあないが、僕も日常の歩みに、いっそうの弾みをつけていきたい。ガンバロー!

山菜は春妖精の爪手足

（二〇一一・三・二五）

自粛ムードに臨んで

東京の奥座敷として知られる高尾山《たかおさん》ハイキングコースは、フランスのガイドブックMの観光部門で最高位、三ツ星の評価を受けた。そのせいか、休日ともなれば派手な登山ファッションの若い女性や山歩きを楽しむ中高年で、縁日みたいに混み合っていた。もちろん、大災害までのことだ。以来、人出は激減。一〇分の一ほどの数という。

日曜日を利用して、久々に訪れてみた。すると、尾根筋の見晴らし台へ向かうリフトは閉鎖。急勾配《きゅうこうばい》で有名なケーブルカーが、通常の半数の運行となっていた。ケーブルカーの高尾山駅から歩き始め、丹沢の峰々と富士山が望める高尾山頂へ至る。さらにハイキングコースは上り下りを繰り返して奥へと続き、目指した茶店に辿《たど》りつく。

この茶店には〝山族会〟なる六～七人の山歩きのグループがある。八十四歳を筆頭に平均年齢が七十歳代半ばの山男たちだ。毎日曜日の酒盛りのためにだけ登ってくるのだから頼もしい。茶店の敷地内に倉庫代わりの山小屋があり、酒類だってちょっとした居酒屋なみに揃う。

「昔は、もっと大勢の仲間がいたんだよ。二〇年くらい通ったかなあ……」。高尾山の草花に詳しいメンバーの一人が言う。

多少なりとも物資の乏しい戦後を乗り越えた山男たち。そのライフスタイルは、災害時のサバイバルにだって強い。持ち寄った手弁当の中身は旬の野菜炒めなど、デザートにはカステラとあんパンが定番となっている。勝手気ままなことをしゃべり、ほろ酔うてのお開きとなる。

後片付けを終えて下山する面々の足取りが、飄々《ひょうひょう》として愛らしい。そして、マイペースだからてんでんばらばら。林道を下り終え、僕はタイミングよく通りかかった路線バスへ飛び乗った。ところが、それまで草花の撮影に付き合ってくれた一人のメンバーは、「わたしや、歩いていくから」。はつらつと去っていった。

僕らは、三月十一日に国生みの神話がよみがえるかのターム（期間）で起こる地殻変動を経験した。この事実をどのようなかたちで、未来の歴史へ刻み込めるだろうか。

イザナミの弥生じゅういち瞼開《まぶたあ》く

（二〇一一・四・一）

日々の出会いに……

四月になり、一週間ほど前から、東京の郊外でもウグイスの囀《さえず》りが愉《たの》しめるようになった。まだまだ未熟な歌声が初々しくて、親しみさえおぼえる。やがて、木立が若葉で覆われるころ、正調な囀りを競い合うようになる。その最盛期、通い慣れた里山の散策コースでは、七～八種類の小鳥たちのオーケストラが始まる。耳を澄ますと、ひときわメロディアスな画眉《がび》鳥《ちょう》の鳴き声が混ざっていた。さながら極楽で透明な歌声を響かせるという空想上の半鳥人、迦陵頻伽《かりょうびんが》が思い浮かぶほどだ。外来種ながら、旺盛な繁殖力のせいで、数は増えているらしい。日本の原産種への影響を危惧《きぐ》する向きもある。

これと同様な経験は蝶《ちょう》にもあった。撮影しそこねた、白い蝶の珍しい文様に驚いて、さっそく図鑑を検索した。すると、観賞用に持ち込まれた外来種だった。もっとも、日本古来の草花だって可憐《かれん》な美しさを湛《たた》え、人里近くに自生している。河川の土手にひっそりと咲くナデシコもその一つ。

「これがカワラナデシコ（河原撫子）よ。今はめったに見られなくなったわね」。早朝散歩の途中、通りがかった初老の女性に教わった。五弁の花びらは切り込み細工のように裂けており、先端から鮮やかな薄紫色のグラデーションとなって純白の花芯《かしん》を染めている。花弁に載った幾粒もの朝露が、いっそう繊細な光を集めていた。

観賞される山野草の中で、品種の多さを誇るのが日本スミレ。亜種を含めると数百種になるという。踏み荒らされやすい道端にも小さな群生エリアがあったりする。オフロードバイクに跨《また》がったままなら、気づかないで通り過ぎる自然。高齢者といえども、遅々とした歩みの中にこそ出会える自然の豊かさがある。コミュニケーションの相手は人を含めた宇宙そのもの。人は喪失感のむなしさを、新しい発見の喜びが埋めることを知っている。出会いを厭《いと》わなければ、人生に退屈はしないだろう。

今日も、カワセミの来る親水緑道《しんすいりょくどう》で、満開のハクモクレンにカメラを向けるお年寄りたちとすれ違った。

ひとひらの記憶剝離《はくり》す白木蓮

心が通う瞬間

（二〇一一・四・八）

「昆虫と会話ができるんですってね」。時折、こんなジョークめいた問いかけをされることがある。多摩丘陵で撮った昆虫写真をブログやホームページに載せているからだ。もちろん、それが可能ならずいぶん楽しいだろう。

まだ、地方には少なからず養蚕農家の残っていた昭和三十（一九五五）年ごろ。青々とした桑の葉を蚕に与えながら、優しく語りかけていた母親の姿が思い出される。棚でうごめく、夥《おびただ》しい数の蚕は、ザーっと降りそそぐ小雨のような食み音を響かせて応じる。せいぜい趣味の域での養蚕ながら、心を通わせる蚕との対話がなされていた。

僕も、いくぶん母親の感性を受け継いでいる。いつものように、ゴルフ場近くの丘陵を散歩中のこと。痩《や》せこけてヨロヨロと歩いていたタヌキに、人目もはばからず話しかけていた。こんな突拍子もない行動は、高齢者に多く見られるという。てことは自分も老境の仲間入りか、などと自問しながらファインダーをのぞいていた。すると、脇の繁《しげ》みあたりから声がする。

「そう、あの老タヌキは、今日を限りの散歩です。明日、あなたがバタークッキーを例のベーカリーで買ってきてくださっても間に合いません」と、僕の行動まで見透かされていた。大地を震わせるショベルカーの轟音《ごうおん》が木立の向こうで繰り返されている。どうやら老タヌキは巣穴を追われたらしい。僕は、声のする暗がりを凝視したが、誰もいない。代わりに、横目でこちらを見つめるもう一匹のタヌキがいた。

「君は、息子さんかい」。毛並みの良いタヌキに問うてみた。だが、鼻先をちょこんと下げただけで、繁みへ紛れ去った。

その直後、カーテン越しの日差しのまぶしさに夢から覚めた。しかし、驚いたのは目覚めて気付いた現実の方だった。なんと、マンションの一階にあった自室へ、どこからか侵入してきたアリが布団の回りを囲んでいる。当時、同居していた飼い猫が食い散らかしたクッキーに群がったようだ。その時、めげずに詠んだのがこの一句。

蟻《あり》はこぶ中年男を布団ごと

（二〇一一・四・一五）

ファーブルの丘便り

先日、島根県でレディースクリニックを営むご家族からメールが届いた。父親でもある院長さんは、現在までに一万五〇〇〇人ほどの赤ちゃんの出産に携わり、なおかつ現役という。黙々と働く日々の締めくくりには、決まってお酒を飲む。医師の朴訥《ぼくとつ》とした人柄が綴《つづ》られていた。天から授かった命を無事に未来へ手渡す仕事は神々《こうごう》しい。まして、先の大災害を思えば、暗澹《あんたん》たる雲間に差す光のようなニュースだった。

一方、ほかの生き物たちも新しい命が誕生する時季を迎えている。佐渡《さど》トキ保護センターの野生復帰ステーションと出雲《いずも》市トキ分散飼育センターでの孵化《ふか》が報じられたばかりだ。すでに放鳥され、野生化しているトキの孵化も注目されている。「天敵だらけの不慣れな環境だけど、なんとか育ってほしいものです」とは、関係者ならずとも願うことだろう。

よく出掛ける散策コースの多摩丘陵だって昆虫たちのうごめきが目立ってきた。このエリアを、僕は〝ファーブルの丘〟と呼んでいる。丸いブローチと見紛《みまが》うテントウムシと出会えば、手に取りたくもなる。だが、その幼虫となると、平たい蛇腹《じゃばら》状の背にオレンジ色の斑点を持っており、少々毒々しい。それでも、アブラナ科の野菜などに付く害虫退治をしてくれる。幼虫、成虫ともに自然農法へ寄与する益虫《えきちゅう》というわけだ。

昆虫の多い場所には、小鳥たちがやってくる。前年の春、はぐれて車道脇にうずくまっていたメジロの幼鳥を保護し、半日間の試行錯誤の末、やっと親の群れへ返した経験がある。

その時、幼鳥の鳴き声に気付いた七〜八羽の家族があたりの木立を嬉々《きき》として囀《さえず》りながら乱舞し始めた。たとえ種への執着行動だとしても、鳥類のあからさまな愛情表現を垣間見《かいまみ》た気がする。丘陵の木立に隠された人工池はぬるみ、ドジョウやメダカの活動がますます活発になってきた。

北の酒蔵で醸《かも》される濁り酒は、これからが飲みごろ。そうだ、艶《つや》の出てきた木目の盃《さかずき》で一杯やろう。

春の水ニンフ浴せしうすにごり

（二〇一一・四・二二）

シュブスケの大地《モシリ》

かつて、アイヌの生活文化に惹かれていた。縄文時代風の文様や素朴な狩猟道具、サケの皮で作った靴などが、野生と対峙《たいじ》する力強さを感じさせたからだ。ところが、その興味をさらにエスカレートさせた家族との出会いがあった。

「日高の山へ身一つで放たれたって生きられるよ」と言ってのけたのが、えりも町に近い村《むら》上《かみ》牧場の二代目。夫婦は、今でも互いに「おっとー」「おっかー」と呼び合う。牧場仕事の中でもオス牛の去勢は少々荒っぽい。子牛というより若牛に成長しているので脚力だって強い。おっとーが首に投げ縄をかけて引き倒せば、おっかーは脚を縛《しば》ってトラクターへつなぐ。だが、時にはミスをする。

「類さんっ、アブナイ」。おっかーが叫んだ。猛突進して逃れようとする若牛の首縄が張り詰め、耳元で唸《うな》る。勢い余った若牛は、もんどり打ってひっくり返った。縄は目いっぱい締まり、口から泡を噴き、血の気を失った長い舌を垂らして絶命寸前、去勢が終わる。

当時、僕は特大のペットボトルに入った焼酎で、離れ家で寝起きするアッシ爺《じい》ちゃんと晩酌するのが常だった。話はたいてい狩猟体験だが、決まってシュブスケというアイヌ名が登場する。爺ちゃんの語るアイヌにまつわる知識は、彫りの深い顔にひげをたくわえた風貌だったというシュブスケさんからの口承にほかならない。

クマ猟に使うトリカブトは、河原や岩場から採取する。痩せこけた土地に育つ方が強い毒性を備えるらしい。村上牧場のある日高に住むアイヌと十勝《とかち》アイヌの間でかつて起こった紛争のくだりが興味深い。その際、十勝アイヌの族長が敵対する日高側の族長へ吐いたとされるセリフには、双方の土地柄を象徴する内容が込められていた。「日高アイヌは花でも愛でて暮らすがいい。俺たち十勝アイヌは、矢を使って狩猟に専念するぜ」

確かに、日高の山々は山野草の花で覆われる。一方、十勝はナイフや矢尻が作れる黒曜石の産地として名高い。やがて、実践的サバイバル術が口をついて出ると、爺ちゃんの話は佳境となる。

若牛《わかべこ》の春泥《しゅんでい》ここぞと尾を振らん

（二〇一一・五・六）

老ハンターの教え

えりも町の旧道営肉牛牧場は、日高山脈の南端に位置し、なだらかな牧草の丘陵と深く切れ込んだ谷筋が交互に続き、北太平洋へ突き出た襟裳《えりも》岬を眺望できる絶景ポイントとなっている。この約四キロ四方の畜産跡地は、エゾシカたちの餌場に取って代わった。

「あっ、いた」。僕は、五、六百メートル先のエゾシカの群れを指差してドライバーのTさんに告げた。冬から早春までの狩猟期間を終えたばかりとあって、エゾシカの警戒心はまだ強い。群れは車の気配を察知するや、雪崩《なだれ》れるように谷間の木立へ逃げ込む。

シカは警戒信号として、尻尾《しっぽ》の下方部分に隠れていた白毛を丸く逆立てる。その飛び跳ねて逃げる後ろ姿は、まるでチアガールの振る白いポンポンみたいだ。

「ずいぶんと遠方が見えるんですね」と、後部座席のT夫人がつぶやいた。これは遠目がきくからというより、動物の微細な動きを見逃さない狩猟者の勘に近い。そんな野性的感覚がよみがえるのも、えりも町で出会った、亡きアッシ爺ちゃんのおかげだった。

当時、爺ちゃんは、不用心な単独登山を繰り返していた僕が危なっかしく思えたらしい。アイヌの狩猟者シュブスケさんから伝授された狩猟技術を、懇切丁寧に聞かせてくれた。樹木の木肌が滑らかなのは、陽光の当たる南側であること。雪上のビバークは、エゾマツの枝で簡易小屋を造り、焚《た》き火の炭を韓国のオンドル風に使う。

「ヒグマに遭《あ》っても慌てるんでねえ。刃物を光らせて威嚇《いかく》し、たばこに火でもつけてにらみ返せばエエんだ」。アッシ爺ちゃんのアドバイスに従い、ハンティング・ナイフ風の大鉈《おおなた》を牛舎脇の鍛冶場《かじば》で作らせてもらった。その後、えりもの山ではヒグマとの遭遇が二度ある。幸い、大鉈を光らせるチャンスはなかった。

「今でも、あそこはヒグマの巣ですよ」。Tさんが日高山地へ連なる山を見上げて言う。初夏に入ると、あたりの牧草地へはパンクを恐れて車の乗り入れがなくなる。至るところにエゾシカの落とした角が散在するからだ。

落とし角岬の風のおさまらず

（二〇一一・五・一三）

新潟美人論

新潟市の歴史博物館で、〝新潟美人〟展が開催されている。新潟で、明治、大正、昭和と続いた花柳界の芸妓《げいぎ》さんたちを描いた版画や写真が中心の展覧会だ。まだあどけなさを残す彼女らの面差しは、すっと鼻筋の通ったうりざね顔で、やや切れ上がった目につぶらな瞳《ひとみ》と、共通している。体つきも、竹久夢二《たけひさゆめじ》が描いた女性風の柳腰。まるでよく似た姉妹たちのようだったが、大正時代をピークとした流行《はや》りの美女像かもしれない。いったい、この美の基準を満たす女性たちは、どこからやってきたのだろうか。

以前、金沢の茶屋街には富山県出身の女性が多いと教わった。また、京都の祇園《ぎおん》で偶然出会った二人の舞妓《まいこ》さんは、「うちら、横浜どすえ〜」と、祇園言葉でハモらはった（あれっ）。さらに、北海道の大雪山《たいせつざん》へ向かう途中、茶店風のドライブインでグレーの制服姿の美しい女生徒たちと出会った。感心して眺めている僕に、店のおばさんが息を弾ませてささやく。「タカラヅカよ……、タカラヅカよ」。なるほど、その集団は全国から難関を乗り越えて入学してくる宝塚音楽学校の生徒たちだった。

ま、スターを夢見る美少女たちの出身地がさまざまなら、芸妓さんの故郷だってさまざまに違いない。

今や女性ファッション誌は、それぞれの個性美が魅力のモデルたちでページを飾る時代。〝新潟美人〟展で見るような芸妓さんたちの伝統的様式美は、単にノスタルジックなあこがれかもしれん。ところが、秋田、新潟、博多《はかた》の美人伝説は、現代女性の中にも生き続けている。

美人の証《あか》しの一つに、いずれも美白肌が見え隠れする。その背景を、かつてヨーロッパ圏を含む大陸と日本海航路を通じて交流が盛んだったためと推測する向きもある。美人伝説のもう一つの理由には、北前船《きたまえぶね》の寄港地で花街を有するほど繁栄した港町の存在が挙げられる。

新潟の街で、別の惑星から来たかと思うほどの女性とすれ違ったことがある。紫外線の影響を受けないのか、白磁色の肌と小顔、それにスラリとした九頭身。それ以来、日本海沿岸に新しい北前美人伝説が生まれたって不思議じゃあないと思っている。

馴《なれ》初《そ》めも神の采配白菖蒲《しろしょうぶ》

（二〇一一・五・二〇）

タイトロープ

スラック・ラインと呼ぶアウトドアスポーツの一種が若者たちの間で流行りだした。幅五センチほどのベルト状ロープを二本の木立や支柱の間に張って綱渡りする。無論、室内クライミングと同様、インドアで行うケースもある。元は欧米のロッククライマーたちが遊びとして始めたらしい。

渡るロープは、いくぶん緩く（スラック）張られているので左右へ揺れやすい。上手《うま》く移動するには、脚のバランス感覚と上半身の安定が要る。もっとも、ロープの高さが膝上《ひざうえ》程度なので、本来の綱渡りみたいな危険はない。これなら老若を問わず、足腰の衰えが気がかりな中年にだって向いている。

実は、これと似た運動を普段の歩行中に取り入れているのが、外でもない僕だ。山岳歩きへ備えたバランス鍛練として、舗道脇にある幅一〇センチ前後の縁石《えんせき》渡りを習慣づけていた。今でも、この習慣は続けている。おかげで、千鳥足となったって転ぶことがめったにない。

幼年期、小学校へ通じる渓谷に架《か》けられていた吊《つ》り橋があった。その橋に張られたワイヤーロープの綱渡りが得意だったことを思えば、バランス感覚は悪くなかったのだろう。

と、まあ、これはあくまで運動能力の話。だからといって人生が上手く渡れるわけじゃあない。

「いまだに人生のタイトロープを渡っていますよ」。時々、そんな冗談で聞かれた身の上話をはぐらかすことがある。脳裏には、一九六〇（昭和三十五）年ころのアメリカの連続テレビドラマ「タイトロープ」と、主演のおとり捜査官の横顔がよぎる。その燻《いぶ》し銀の演技がモノクロームの記憶に残ったままだ。

しかし、ハードボイルドを気取れるほどタフな精神は持ち合わせていないし、交通事故で傷ついたノラ猫を見捨てる勇気もない。加えて、がっちりした容姿がコワモテのせいか、足を踏んづけられて抗議すれば、悪人へ向ける非難めいた衆人の眼にさらされる。

不惑のはずの四十歳代にして、人生を惑う友がいる。その厄年バースデーの記念に色紙を頼まれて書いた。「共に惑おう。汝《なんじ》、悟るなかれ」

僧に非《あら》ず俗とも成れず火酒《ひざけ》呑《の》む

（二〇一一・五・二七）

天使の分け前

酒の醸造過程ではミクロンサイズの酵母菌が活躍する。かつて近代科学技術の未発達な時代の蔵人《くらびと》たちは、この肉眼で見ることのできない微生物と巧みに付き合ってきた。そこに神がかりの力を感じたのは自然なことだろう。

酒造りの神様として京都の松尾《まつお》大社はよく知られており、各地の造り酒屋で分社が祀《まつ》られている。また、日本最古の神社とされる奈良の大神《おおみわ》神社には杜氏《とうじ》の祖という高橋活日《たかはしいくひ》を祀る社や、社殿に吊り下げられた巨大な杉玉が有名だ。ちなみに杉玉は、酒林《さかばやし》とも呼ばれ、酒蔵が新酒の仕上がりを告げる看板として用いられている。

一千年を超える清酒の歴史に比べれば、焼酎の蒸留技術の伝来は四、五百年前と新しい。麦焼酎の壱岐島《いきのしま》、芋焼酎の薩摩《さつま》、米焼酎の熊本県人吉《ひとよし》を中心とした球磨《くま》川《がわ》流域と、三カ所でほぼ同時期に発展してきた。鹿児島県伊佐《いさ》市の郡山八幡《こおりやまはちまん》神社で、四〇〇年ほど前に書かれた宮大工《みやだいく》の「施主がケチで焼酎を振る舞ってくれなかった……」という内容の落書きが発見されている。神社への陰口ながら、〝焼酎〟の語が初めて文献上に登場したことで、歴史的評価は高い。

前月、同じ伊佐市にある大手焼酎メーカーへお邪魔した。蔵では、蒸留した芋焼酎を甕《かめ》に入れ、三年間熟成してから出荷する。

「〝天使の分け前〟って、知っていますか？」。ずらりと並んだ熟成用の大甕を背に、案内役の専務が話の口火を切った。熟成期間中に密閉された甕の中で、一割以上も目減りした部分をそう呼ぶ。もちろん素焼きの甕肌を通しての蒸発だが、なんともロマンチックな呼称といえる。これと関連づけてだろう「魔王」や「天使の誘惑」、コロンビアの作家ガルシア・マルケスの小説『百年の孤独』を銘柄名とした商品だってある。

妖精のごとき酵母菌と語らいながら酒を醸す杜氏。芋焼酎の甘い香りに誘われた天使たちが、夜な夜な熟成甕の蔵へ舞い降りて飲むという物語を誕生させた蔵人のセンス。名酒を生む繊細な技術と、奔放な遊び心に溢れる発想を想《おも》う。

故郷《ふるさと》は夕虹《ゆうにじ》のさき越後酒《えちござけ》

（二〇一一・六・三）

イワナの影を追って

先日、主宰する月例俳句会を多摩川の渡し場跡に残る一軒の茶店で催した。首都近郊の中流域とあって川底の泥は興を醒《さ》ますが、それでも稚魚放流したアユの遡上《そじょう》は認められている。「昭和四十八（一九七三）年に廃止されるまでは、茶店も四〇軒以上あったんですよ」。茶店の女将が、対岸に視線を向けたままつぶやく。ここ、菅《すげ》の渡しは、水遊びや土手の桜を目当ての観光客が押しかけるほど明媚な清流だったらしい。今では、水面に私鉄の鉄橋が影を落とすばかりの殺風景な夏河原となっている。当日、人気を集めた一句に「若鮎《わかあゆ》にもう一塩の供養あれ」があった。清流を身近な環境として生活する仲間からの投句だ。

もっとも、多摩川の上流域はV字型の渓谷をなし、天然イワナの棲《す》む源流部へと続く。その奥多摩エリアは、僕が幻のイワナを追う渓流旅のスタート地点でもあった。やがて、峰々の源流筋へ取りつかれたかのような釣行《ちょうこう》を繰り返すうち、大イワナが幻ではないことに気付かされた。

なかでも、朝日連峰へ深々と至る三面川《みおもてがわ》の源流域では四〇センチを超す大物と出会えた。イワナが水温の低い高山に棲息するのは、氷河期に適応したためとされている。それゆえ水温の高い下流域での交配がなく、支流ごとに異なった特徴を持つのだろう。下あごの発達したイワナもいれば、天狗《てんぐ》みたいに鼻の部分が突き出たイワナもいる。ただ、源流イワナの釣り方に、大して違いはない。小さな滝の連続する峡谷では、あえて長めの竿《さお》を用いて下段から上段へと釣り登る。水中での微《かす》かな音に敏感なイワナを驚かせないためだ。

ま、釣果は運まかせでもかまわない。持参の酒に、尺イワナ一尾の塩焼きがあれば満足としよう。

それよりも、峡谷の底へ差し込む木洩れ日と、垣間見える天の真青《まさお》。見とれているうちに、いつしか暮れなずんでくれば、ビバークもやむを得ない。焚き火の火の粉が煙に乗って舞う。「あっ、星が瞬いた」。もう僕は、イワナのまなこで見上げている。

地酒酌む岩魚《いわな》の日々を遡《たど》りつつ

（二〇一一・六・一〇）

幻の遡上

山歩きを楽しむ者にとっては、日照時間の長い今が絶好のシーズンかもしれない。しかし、単独行が主だった僕にしてみれば、神々の領域を歩くような絶景と接する半面、〝遭難〟の二文字は必ずついて回った。

「大井川《おおいがわ》の源流なら、尺イワナが乱舞しているよ」。渓流釣り仲間の安易な情報から、遭難に至った経験がある。長梅雨《ながつゆ》が上がって爽《さわ》やかな青空、南アルプスの白峰《しらね》三山と呼ばれる北《きた》岳《だけ》、間《あい》ノ岳《だけ》、農鳥岳《のうとりだけ》のルートを縦走中、静岡県側に大井川の支流・池《いけ》の沢《さわ》へ至る道のことを思い出した。もとより登山地図上では、破線の印された一種の廃道だった。それでも沢伝いなら迷うこともないだろうと判断。登山荷物を稜線《りょうせん》の分岐点近くに置き、ザックの軽装備で、その華麗なる乱舞を見届けようと出掛けた。

ところがルートはすっかり荒廃していた。やがて水流が一気に増す荒々しい池の沢へ辿りついたが、魚の棲息可能な渓谷ははるか下方。吹き上げる谷風は冷たく水温だって低い。下流に焚き火ができそうな棚場を発見するも、対岸へ渡ってからでないと行けそうもない。おあつらえ向きに苔《こけ》むした倒木が谷をまたいでいた。登山靴から滑りにくい渓流足袋《たび》に履き替えて倒木の中ほどへさしかかった瞬間、ぐらりと足元が揺らいだ。とっさに、ドドーっと傾《かし》ぎだした倒木の上を駆け抜けた。振り返りざま、倒木が激流に砕け散るのを見た。とにかく、朽ち果てた巨木との心中だけはまぬがれた。

登山ルートへ引き返す潮時を迫られたものの、酷使した両膝はついに限界に達していた。焚き火で暖をとり、ツェルトにくるまって眠る。さすがに夜は夜行性動物さながら周囲への警戒を怠れない。早い朝が峰々から降りてくるのに合わせて、行動を開始。下ったはずの稜線を目指した。なんと、その稜線にはカラフルなテントが点在している。勇気を得て亀のごとく登った。けれどもテントがただの大岩の幻にすぎないことを理解しなければならなかった。

これ以後、行動食用の乾パンを頼りの一昼夜、登山遭難者特有の幻聴と幻視体験が待ち受けていた。

誰《た》が魂《たま》かポーと浮きたる昼の月

（二〇一一・六・一七）

幻からの生還

登山の面白さを知り始めた中高年の好んで読む本の一つに、新田次郎《にったじろう》の小説『孤高の人』がある。そのモデルとなった加藤文太郎《かとうぶんたろう》は単独行を常とし、並外れた健脚の持ち主だった。だが、昭和十一（一九三六）年の厳冬期に槍ケ岳《やりがたけ》の北鎌《きたかま》尾根で遭難死。三十歳の若さだった。遭難の様子は、幻覚体験に及ぶシーンを含めて創作上の世界で描かれていた。

一方、僕の南アルプスでの経験は生還者として語れる範囲内にあり、山岳遭難というより山菜取りか渓流釣りの延長上の事故なのかもしれない。それにしても池の沢のビバークから尾根筋への道のりは、半日を費やした。お花畑のごとく咲き乱れていたテント群の幻視も失《う》せ、富士山を見渡せる雲上の大パノラマに安堵《あんど》した。

岩場をさまよう僕の水先案内役だったメジロとはどこで別れたのだろう。行動食の乾パンは尽きていたが、心のゆとりを取り戻していた。「さあ、生きよう」。生還の喜びに似た感情が湧いてくる。分岐点に置いたザックを回収すれば、大門沢《だいもんざわ》の下山ルートはすぐだ。気力に弾みがついて、大門沢小屋への避難をやめて通り過ぎ、長いブナの樹林帯が続くルートへ踏み入った。ところが小屋から一時間も経《た》たないうちに両膝の痛みが増し、歩行は困難を極めた。

杖《つえ》にした木枝で麻痺した膝を刺激しながらの遅々とした歩み。谷側の登山道を見下ろすと、戊辰《ぼしん》戦争の官軍将校らしい男が、頭の赤い鳥羽を風になびかせてドッカと腰かけている。身の丈五〜六メートルはありそうだ。幻視だとは分かっていても、近づいて進むほかない。巨木や大岩が次々と幻を誘う。果てしなく続く現実の風景に、半ば朦朧《もうろう》とする意識が夢を重ねている。もう、夕闇《ゆうやみ》が森を包み始めた。幻視にも慣れたところで休息をとり、膝の回復を待った。

すると登山道の上手から、鼻歌交じりに歓談しながら速足で下ってくる登山者グループの気配がする。だんだんとスピードを速め、ドドドっとばかりにグループがやってきて、目前を駆け抜けていく。慌てて声をかけようにも姿が見えない。ただの幻聴だったからだ。ひょっとして、下界でもこの手の遭難をしてはいないだろうか……。

火酒《かしゅ》過ぎて亡者の船に揺られたる

愛、見〜つけた

（二〇一一・六・二四）

早朝散歩の途中、カラスのカップルが羽づくろいをしている場面と遭遇した。やや身体の大きいカラスが、もう一羽の首や背中を慈《いつく》しむかのように嘴《くちばし》でつつく。ひとしきり羽づくろいを終えて休もうとしても、小型の甘えん坊カラスはまだまだとせがむ。そうしてしばらくの間、羽づくろいが繰り返された。

数日後、今度は電信柱にとまっている親カラスと子カラスの奇妙な行動を目撃した。母親らしきカラスが、抜けた自分の風切り羽を嘴にくわえて子供カラスに与えた。羽を受け取った子カラスが、くわえたり脚でつかんだりして遊ぶうち、民家の庭へ落としてしまった。その様子を少し高みの電線で見守っていた父親とおぼしきカラスが一声を発して飛び立つと、二羽も後を追って夏空へ羽ばたいた。たまたまながら、一連の愛情行動と接し、カラスに奇妙な親しみがわいた。

ここのところ、次第にヒートアップしてきた生き物観察癖は、一七年間一緒だった飼い猫のせいだろうか。ほろ酔うての帰宅途中、蚤《のみ》だらけの子猫をポケットに入れたのがきっかけだった。ぽっかりと空いた中年男の胸には、はまりすぎるほどの存在だったのかもしれない。以後、旅も、登山までも行動を共にした。それというのも、仕事場がペット不可の共同住宅だったのと、一人ぼっちにさせようものなら、五部屋先のエレベーター乗り場へも響く声で泣き叫ぶからだ。気が付けば、もうペットの域を超えて一心同体。八ケ岳《やつがたけ》、東北、北海道と長距離旅をした猫の記録としては、かなりのものだろう。なにしろ、同行した旅行期間は十数年に及ぶ。ある時、彼に尋ねてみた。

「本当は、僕の言葉が分かってるよね。神様には内緒だから、一度限りだけしゃべっておくれ」。真剣に頼んだら、猫とも人ともつかぬ声でムニャムニャと鳴いた。確かに一回きりだった。後年、仕事の事情も変わって猫を残しての外泊が増えた。そのたびに彼は睡眠も食事もとらないことが判明。しかたなく留守にする時は親戚宅へ託した。彼が天へ旅立つ日、「やっぱり玄関の方をじっと見つめたまま、二日間眠ってないわよ」。姪《めい》がつぶやいた。あの夏の日のこと……、忘れない。

でも空は真夏の青よ別れ道

（二〇一一・七・一）

県民性って何だろう

県民性、あるいは県人気質《かたぎ》という言葉が、酒場談義に時折あがる。人の性格も環境に左右されて作られることを考えれば、根拠のない言葉じゃあないだろう。けれども今日のような個人をとりまく生活様式や、教育、情報の画一化が進んだ時代となっては、少々説得力に欠けるかもしれん。

四国には、四県のお国柄の違いを象徴する喩《たと》え話がある。仮に、一万円拾ったら、それぞれの県民はいかに対処するだろうか、というものだ。答えはそれぞれ、拾った金を貯金する、落し物として届け出る、商売の元手にする、が瀬戸内の三県。そして、我が郷里の土佐は、拾った一万円にもう一万円借りて二万円で飲む、とされている。四国山地で孤立した南国高知ならではのおおらかなラテン系気質のようだが、この喩え話に異論をはさむ四国人はほとんどいない。どうやら高知県人の旺盛な飲酒癖を端的に表したかったもののようだ。

ただ、広大な平地と豪雪の山間部からなる新潟県ともなれば、その県民性を一言で片づけることはできない。

「新発田《しばた》人気質は、新潟とも違うわよ」。新発田育ちで、市中にある蕗谷虹児《ふきやこうじ》記念館を案内してくれた知人女性が明言する。〈金襴緞子《きんらんどんす》の帯しめながら……〉で知られる童謡「花嫁人形」の歌詞と「花嫁」の絵は、美少女にして虹児を産んだ母がモデル。虹児の生涯を通じてのミューズ、詩神だった。

展示された絵は、竹久夢二やパリ留学時に交流のあった藤田嗣治《ふじたつぐはる》、若死にしたイギリスの挿絵画家ビアズリーなどの影響が見られる。いずれも未成熟なエロスを秘めた作風の画家たちだ。二十七歳で夭折《ようせつ》した母の面影は、薄幸の中に追い続けるしかなかったのだろう。それが一連の哀感を帯びた作詞とアールヌーボー調の挿絵に込められている。

夕刻、近くの酒蔵へお邪魔した。中庭の眺めを楽しめる酒蔵の大広間にも、虹児の絵が掛かっていた。ひょっとして、新発田人の多くは、控えめで繊細な情熱をこよなく大切にする心根の持ち主なのかもしれない。

火垂《ほうた》るのながきうなじをのぼりたる

(二〇一一・七・八)

富者の品性

「ここが伊藤《いとう》家の始まりです。祖先がこの部屋を中心に建て増したんです」。新潟市江南《こうなん》区にある北方文化博物館を訪ねた折、副館長でもある伊藤家の九代目当主がそう言って案内してくれたのは、豪農宅にふさわしい造作の仏間だった。幾棟も続く甍《いらか》の屋敷、百畳広間のある母家《おもや》と枯れ山水《さんすい》造りの中庭を囲む長い廊下。まるで古都のお寺の一室へお邪魔したかのように錯覚する。この豪農の館は、阿賀野川《あがのがわ》に近い豊かな水田地帯にある。

博物館ともなる規模の建物ながら、元は人の居住空間。大きな囲炉裏《いろり》や土間に雪国らしい温《ぬく》もりを感じる佇まいだ。農民たちに風呂を使わせたり、京都から招いた高僧の講話会が催されたりしたという。凶作の年には、施し米が村人のために用意された。およそ蓄財を守るための堅固な屋敷建築のイメージは無い。

この静寂な庭園と豪農建築にも存続の危機があった。太平洋戦争の敗戦直後、進駐軍によって建物が接収されかけたエピソードはちょっとドラマチックだ。この時、米軍将校との交渉に当たったのが七代目当主。

「ところで、あなたの流暢《りゅうちょう》な英語はどこで学ばれたのですか」との将校の問いに、ペンシルバニア大学へ留学していたことを告げた。途端、将校の脚がカツッと揃い、七代目に向かって敬礼の姿勢をとった。「あなたは、我が母校の先輩であります……」。こんな話から博物館としての保存へ至っている。歴代当主に受け継がれた、仏間に象徴される慈悲の思想こそが、平穏な解決をもたらしたのだろう。人々と富や庭園の楽しみを分かち合える柔軟さ、傲《おご》りのない富者の教養に心打たれる。

かつて、幾人かのリッチな人々と親交を持ったことがある。なかには裸足《はだし》のままサンダル履きで料亭料理と豪華ホテルに招待してくれた風変わりな紳士もいた。一方、さらりと着こなしたスーツの似合うある老紳士は、エコール・ド・パリの一人として知られるイタリア人画家の絵を収集した美術館のオーナーだった。自分のヨットでファッションショーまで開くことさえあった。そして、見渡す限りの森林を所有するマダム。一見うらやましい限りの人々ながらも、一様にして拭《ぬぐ》いようのない孤独を抱いていた。

北方文化博物館を訪れ、あらためて富者の品性へと思いが及ぶ。

生酒《きざけ》酌む切子《きりこ》グラスに架かる虹
（二〇一一・七・一五）

時代はSFのごとく移ろう

辺鄙《へんぴ》な山村の生まれにもかかわらず、僕は映画少年だった。隣町に一軒あった小さな映画館は娯楽映画の上映が主だった。話題の外国映画などを見るには、高知市内の上映館へ出掛けなければならなかった。それは、渓谷沿いの悪路をボンネットバスに揺られ、列車へと乗り継いでの小旅行となる。そうして見たのが一九五六（昭和三十一）年にハリウッドで制作された「黒い牡牛《おうし》」という映画。少年と闘牛との友情を描いたもので、子供心にえらく感動した覚えがある。

以来、さまざまな映画を見てきたが、最近の特撮技術の高さは驚くばかりだ。人の空想がリアルなCG画面となって観客を圧倒する。ミニチュア模型を駆使した特撮時代とは比較にならない。

SF映画の原初は一九〇二（明治三十五）年、フランスで作られた「月世界旅行」だ。月を狙った大砲の砲弾に、コウモリ傘持参の老紳士たちが乗り込んで撃ち出される。砲弾は、人の顔をした月面の右目の部分に突き刺さって着陸するコメディー仕立てだ。

そして、半世紀を経た一九五三（昭和二十八）年、アメリカ映画「月のキャット・ウーマン」が制作された。その月へ行くロケットの内部セットが見ものだ。トタン板の壁に星空らしき点を施した四角窓。加速重力に耐える乗組員の表情は、どう見ても二日酔いでビーチベッドに横たわる休暇中の米兵だ。事務椅子がキィキィと鳴るコックピットにパソコンはまだない。この映画のリメイク版「月へのミサイル」が六年後に作られた。タイトルバックに本物のロケット発射シーンを使っている。前作のちゃちな書き割りセットは、グランドキャニオンとおぼしきロケ地へ移ったが、荒唐無稽《こうとうむけい》なストーリーに変わりはない。

ところが、一九六八（昭和四十三）年、スタンリー・キューブリック監督の「2001年宇宙の旅」は、宇宙空間での人間心理までも映像化し、SF映画を一変させた。現在、テレビを通じて見ることのできる宇宙ステーションと、ほぼ近い映像だった。翌年、アポロ計画の名の下で宇宙開発を続けていた米国は、人類初の月面着陸を成功させた。現実と空想が錯《さく》綜《そう》するかの現代。もしかして、人類の獲得した近代テクノロジーは、パンドラの箱ではなかったのだろうか……。

月は只《ただ》こころに在りて変幻す

（二〇一一・七・二二）

もっと夕陽が見たくて

単独で山歩きをすると、しばらくは世俗的な想念が次々と脳裏に浮かぶ。たいていは、ネガティブな過去の事柄を回想してしまう。やがて汗とともに憂鬱《ゆううつ》な妄想は流れ落ちて、次第にポジティブな記憶がよみがえる。そんな時、ある高齢の女性作家がテレビのインタビューに答えたセリフを思い出した。「せめて百三十歳くらいの寿命が欲しいわね」

自分の目指す創作活動には、もっと時が必要だという。葛飾北斎《かつしかほくさい》が九十歳の臨終の床で

〝あと五年の命があれば真の画工になってみせる〟とつぶやいたエピソードと重なる。もちろん、寿命のコントロールが可能とは誰しも考えないだろうし、長寿を切望する悲壮感もない。むしろ北斎に至っては臨終間際の痛快なジョークとさえ思える。その生涯で夥しい回数の引っ越しをなし得た処世術と、自らが培った美学に対する一途《いちず》さを併せ持つ絵師だった。いずれにしても〝人生の枯れ〟を好まないタフな人たちかもしれん。

よく人生を登山になぞらえる。きっと、上り下りを繰り返しての道程がつきものだからだ。恒例となった高尾山ハイキングコースも、息苦しい樹林帯を抜けるとパノラマの視界となるピークへ立てる。周囲の峰々を一望すれば、高低さまざまなることに気付く。人の営みも然《しか》り、勝ち組もあれば敗者もいる。自分の目指した頂きは、北アルプスのような華麗さなのか、それとも何の変哲もない里山だったのか。ま、それはどちらでもかまわないし、無理なルート変更などしなくていい。急坂より巻き道、トラバースを選びがちとなった中年登山。小仏《こぼとけ》峠の茶店でご馳走《ちそう》になった焼酎のせいか、いくぶん足元がおぼつかない。それでも、惜しげなく咲き開いたヤマユリや、アサギマダラの舞に癒されつつ陣馬山《じんばさん》まで辿りつけた。

山頂から丹沢、秩父《ちちぶ》連峰を見渡せる。東側の山裾はヒグラシのいざなう渓谷へと切れ落ち、その向こうに関東平野の都市圏が混沌《こんとん》たる広がりを見せる。もう半時も経てば、夕日を背にした富士のシルエットも拝める。

「そうだ、魂だけでも山頂へ置いて帰ろう」
天地《あめつち》はまだ混沌の炎暑かな

（二〇一一・七・二九）

II

猫の駆け込み酒場

黒潮の匂う岬

純米酒の入ったグラスの向こうには、澄んだ青の天界が広がっていた。頭上の雲は南風に流されていて、見上げる視野までがぐらーりと大きく傾く。

「類さんには、その姿が一番似合うぜよ」と、足摺岬《あしずりみさき》へ案内してくれた地元在住の編集者相《あい》澤一郎《ざわいちろう》さんが囃《はや》し立てる。巨岩に佇《たたず》み、迎え酒を呷《あお》る僕もまんざらではなかった。

水平線を成す弓状の土佐湾《とさ》は、そのまま外海の太平洋へとつながっている。条件さえ良ければ、岬から黒潮が見えるかもしれないと聞かされていた。確かに南洋から北上してくる黒潮ルートは、足摺岬にぶつかって東へ向きを変える。

幾多の謎を岬へ漂着させたであろう黒潮は、不定期に沿海域への接近と離岸を繰り返すという。海の色だって太陽光の反射具合で輝いたり、黒っぽく見えたりするから、海洋に不慣れな者が判断するのは難しい。

「臼碆《うすばえ》を見てみんかよ。黒潮が来ちゅうかもしれん」と相澤さん。〝臼碆〟はジョン万次郎《まんじろう》が漂流するまでの少年期を過ごした漁村の近くにあった。花崗岩《かこうがん》が剝《む》き出しとなった断崖《だんがい》下の荒磯に据え置かれたような岩だった。形は取っ手をつけた石臼に似ていなくもない。激しい潮流の逆巻きと、巨大な石臼の轟音《ごうおん》が磯を震わせている。僕たちは折からの強風を突いて、磯へ突き出た断崖に祀《まつ》られた竜宮《りゅうぐう》神社まで辿《たど》りついた。

赤く塗られた鳥居と祠《ほこら》は堅固に設置してあったが、人が鉄柵から手を離せば飛沫《しぶき》ごと飛ばされそうな風圧。海からせり上がってきた竜の鼻先に立つ思いだった。

土佐清水《とさしみず》の港へ引き返す車中、江戸時代の地理学者でもあった古川古松軒《ふるかわこしょうけん》の『八丈筆記《はちじょうひっき》』の黒潮に関する記述を漠然と思い浮かべていた。その引用によれば、海面の色は「墨を磨《す》るごとく」黒く、「幾百となく渦ばかり流れ」と、海原《うなばら》へ続く渦の様子が分かる。黒潮と、沿岸域の海、あるいは大洋とぶつかる場所、潮境や潮目と呼ばれる部分でこの現象が起こる。沖縄から足摺岬、そして紀伊《きい》半島沖、さらに房総《ぼうそう》沖へと至る黒潮ルートは同時に飲食文化を運びもした。内陸部では縁のないウツボ料理が、沖縄から房総までこの沿岸に沿って食されている。

穴の開いた逆円錐形《えんすいけい》の盃《さかずき》を土佐では〝可杯《べくはい》〟、鹿児島で〝そらきゅう〟と呼んでいる。盃は卓にも置けず、手を離すこともできない。いずれも無礼講の酒宴に用い、ひたすら一気飲みを繰り返すための盃だ。沖縄の宮古島《みやこじま》に伝わるエンドレスの回し飲み〝おとーり〟と相通ずる。

あれこれと思いが巡るなか、僕は唐突に声を発した。「あっ、あれは黒潮じゃあないですか」。常緑樹の木陰を縫う車窓から垣間見《かいまみ》える沖合に、黒い帯状の影が長々と続いている。どうやら日差しによる反射角度のせいではなさそうだ。それは海面近くに横たわる黒い竜のようでもあった。

（二〇一二・一・一四）

巨石伝説を追って

四国山地の主峰・石鎚山《いしづちやま》から蛇行《だこう》を繰り返しながら土佐湾へ流れ出る全長一二四キロほどの仁淀川《によどがわ》。その上流域に故郷がある。しかし、僕が幼少期を過ごした小さな山村は、人工植林の杉にすっぽりと覆われてしまった。梨、桃、ミカンといった果樹の混在する雑木林が消え失せ、昆虫や草花と戯れながら小学校へ通った野道は薄暗い林道と化していた。こうまで植生が変わってしまえば、木洩れ日《こもれび》の中に乱舞するアオスジアゲハの群れと出会うこともないだろう。

久しぶりに帰郷した当日。宿泊したホテルは、子供のころ幾度となく訪れた中津《なかつ》渓谷の入り口にあった。せせらぎの音に微《かす》かな胸騒ぎを覚えて目覚めた翌朝。そのまま、まだ朝靄《あさもや》の垂れ込めた渓谷の遊歩道を辿った。

透明な流れは石柱を抜け、管状の滝から緑色の淵《ふち》へと注ぐ。ぬめる岩肌は生きた臓器みたいで、巨大な渓谷に呑《の》みこまれていく心地がする。遊歩道の最深部にある〝雨竜《うりゅう》の滝〟の光景は、古生層内部の鍾乳洞《しょうにゅうどう》を彷彿《ほうふつ》とさせる。中津渓谷きっての絶景で、文字どおり竜の胎内を眺めるような凄《すご》みがある。

渓谷の壁には、水生植物から陸生植物へ進化する途上の植物が発見され、植物学者・牧野《まきの》富太郎《とみたろう》らの調査対象ともなったという。富太郎は同じ仁淀川水系の中流域にある佐川町《さかわちょう》の出身とあって、中津渓谷周辺のエリアを植物学の宝庫と位置づけている。

その佐川町は、明治時代にナウマン象で知られる地質学者エドムント・ナウマンが訪れたところだ。日本地質学発祥の地を名乗っている。町の周辺で発掘された化石が二億年から四億数千年以上の昔の海洋生物であることから、四国山地の形成時期も特定された。

そんな数億年単位から成る地殻変動の周期を思えば、足摺岬の山地に点在する、謎の巨石群の存在だってうなずける。高さが六〜七メートルほどもある巨石群は〝唐人駄場《とうじんだば》〟の名で知られる遺跡の近くにある。遺跡とはストーン・サークル、いわゆる環状列石《かんじょうれっせき》のことで、この巨石群の石が使われたようだ。〝唐人〟は異人の意で、〝駄場〟が平らな地を指す。かつて、この不可解な環状列石を発見した人々の目には、異種族の仕業と映っても不思議はなかったろう。

ところが、このストーン・サークルは公園整備の名目で昭和六十一（一九八六）年に撤去されてしまった。イギリスとフランスに残されたストーン・サークル双方の特徴を兼ね備えた遺跡で、環状の列石としての規模は世界最大級。今なら世界遺産ものだけに悔やまれている。

それでも、ストーン・サークルの一部は庭石に利用された例が分かっており、多少なりとも失われた巨石の行方《ゆくえ》を追える。だとすれば戦後撮影された航空写真をもとに復元する夢だって叶《かな》うかもしれん。

いずれにしても、確かな歴史的継承のない先史時代。人類が地球上へ棲息域《せいそく》を拡散していたころ。そんな人々の自然観と旺盛な冒険心には興味をそそられる。解明への手がかりを失《な》くしたままじゃあ寂しい。


（二〇一二・一・二八）

揚羽蝶の幻影

「昆虫とも会話できるんですってね」。こんな問いかけは、たいてい女性からされる。手のひらへ蝶《ちょう》などをとまらせた僕のブログ写真や、講演会で使うプロジェクター映像に虫たちが登場するのを知ってのことだろう。ただ、男性は現実離れしたジョークと受け取る向きが多い。〝昆虫との会話〟とは、驚かさずに数センチの距離まで接近して携帯写真を撮る術《すべ》、とでも言えようか。

僕のパソコン画面には、とりわけ蝶の写真が多い。北海道のキアゲハは淡いピンクのエゾシャクナゲに映える。原色を配した、沖縄の蝶の背景には、エメラルド色のサンゴ礁《しょう》が煌《きら》めく。

物心のついたころから、蝶の群れに出会うと、それを目がけて駆け込む癖があり、舞い上がる蝶の吹雪《ふぶき》に人知れず酔っていた。やがて、故郷を離れるべく運命の予感に子供心がゆらぎ始めたころ。こっそりと、父親の眠る裏山の墓地を訪ねることがあった。急な尾根筋へ、猫の額《ひたい》ほどの墓地が棚田状に拓《ひら》かれていた。父親との別れの挨拶《あいさつ》をしながら、墓石に絡みついた植物を取り除いた記憶がある。そんな折、若葉の陰から墓石に刻まれた紋章を見つけた。丸の中に横向きの揚羽蝶《あげはちょう》、平家一門の家紋だった。その墓地も、足元の険しさを理由におおかたは地元の寺へ移されたという。

子供のころの玩具に二丁の火縄銃があった。値打ちを知らない母親は、僕の目の前で遠縁の男性に譲り渡した。以前にも、銘のある刀を失ったらしい。当時は、母親たちの詠んでいた俳句や、落人《おちゅうど》の辿った歴史にも一切興味が持てなかった。なにせ西洋かぶれ全盛期の昭和三十年代。西洋絵画、音楽、ハリウッド映画、左翼思想さえも、僻地《へきち》の山村へ押し寄せてきた。後年、事の顛末《てんまつ》を尋ねてみたかったが、それも叶わぬうちに母は亡き人となっていた。スペインあたりを気ままに旅していたころだった。

それでも、仁淀川の上流域にある〝手引《ていき》〟という地名を不思議がった覚えもある。安徳《あんとく》天皇がお付きの者に手を引かれて渡ったことに由来するとされていた。広く知られた言い伝えに、四万十川《しまんとがわ》中流域沿いの〝半家《はげ》〟なる地名は平家の〝平〟の隠し文字というのがある。けれども、これは平家落人伝説の氷山の一角。少年期に駆け巡った野山のほとんどが伝説のルートと重なることを知った。源氏の追跡を逃れる落人は、現在のような谷沿いの道路ではなく、峰伝いの間道《かんどう》を利用していた。見通しのいい天空の回廊を舞台に、落ち武者と若き帝《みかど》のドラマが展開したかもしれない。

どちらかといえば、僕はファザー・コンプレックス気味で冒険好き、母親の懐を早々に離れた。だが、養蚕仕事の間、桑の葉を与えながら蚕に慈悲深く語りかける母の姿が忘れられない。僕の昆虫への親しみは、遺伝だろうか。

今、高知県と生まれ故郷の町の観光特使を務めている。だからというわけじゃあないが、故《ふる》きを温《たず》ねる楽しさの真っ最中だ。

翡翠を抱く姫

糸魚川《いといがわ》ジオパークは、フォッサマグナという地の利を生かした発想から生まれている。ジオパークの〝ジオ（geo）〟は、「地形」「地質」を意味する英語から採っており、大地と生命の歴史が観察できるエリアと解せる。市の発行する案内書には「大地を楽しんで学ぶ自然の中の公園」とある。糸魚川市には二四カ所の〝ジオサイト〟と呼ばれる見学スポットが点在している。だが、降り続いた大雪で、目指した美山《みやま》公園の丘陵地は、見事なまでのパウダースノーに覆い尽くされていた。

それでも、フォッサマグナミュージアムへは、糸魚川ライオンズクラブの協力を得て辿りついた。近代設備の整った博物館は、深い雪景色に溶け込んでいた。

「フォッサマグナは、ナウマン博士が発見し、命名したんですよ」。学芸員の宮島《みやじま》宏《ひろし》さんが、姫川《ひめかわ》の滔々《とうとう》たる流れのように語り始める。エドムント・ナウマン博士の話題は、地質学調査の成果に日本人学生らの協力者名を記すことがなかったことや、ドイツへの帰国後、日本事情の講演内容で留学中の森鷗外《もりおうがい》と論争を繰り広げたことまで発展。人物像がつぶさに伝わっ

（二〇一二・二・一一）

てきた。僕は、おそらく地学好きの高校生みたいな面持ちで聞き入っていたに違いない。

糸魚川特産の翡翠《ひすい》はもとより、古生代の化石類やさまざまな岩石標本も目を引く。ムーンストーン、コンニャクのように曲がる石等々、その形状、色彩にはマジックショーを見るような驚きさえ覚えた。もっとも、こうまで僕の琴線を刺激したのは、少年期に遭遇した隕石《いんせき》落下の目撃体験が大きい。

「持ってみてください」。宮島さんから言われるまま手にすると、それは、ずっしりと冷たく、鉄の比重が高い隕石だった。記憶に残る、あの一筋の閃光《せんこう》の正体も、このようなものだったのかという感慨がこみ上げてくる。

明治八（一八七五）年、政府の招きで来日したナウマン博士が足跡を残し、同じ地質博物館を有する高知県佐川町との交流も盛んな糸魚川。そこで忘れられない少年期の思い出に〝再会〟できた縁の不思議を思う。

昼食は、糸魚川市横町《よこまち》の料理店「かわせみ」で、奴奈川姫《ぬながわひめ》伝説に詳しい土田孝雄《つちだたかお》さんと店自慢の地魚定食をいただいた。あんこう鍋と翡翠板へ盛られた刺身に舌つづみを打ちながらも、土田さんの古代史論は弾む。

「奴奈川姫に魅せられて、この地へ居ついてしまいましたよ」と、土田さんは研究家の域を超えんばかりの意気込みで語り続ける。

聡明《そうめい》で麗《うるわ》しい美女・奴奈川姫に求婚する大国主命《おおくにぬしのみこと》の歌が『古事記』に詠まれている。考古学による解明は突如起きたりする。奴奈川姫の実像を解き明かそうと、遺跡の発掘調査を進める土田さんならずとも、大いなるロマンを抱きたくなる。

土田さんとの再会を約したその夜、夢枕には微笑《ほほえ》みを湛《たた》えた奴奈川姫が立ち現れるやもしれんなどと期待しつつ床に就く。この地には、そんな妄想をたくましくさせるスマートな現代美人もまた、多かった。

雪解けとともに、糸魚川周辺の遺跡調査も再開されるという。古代ロマンに旨酒《うまざけ》、そして美女――。ああ、春が待ち遠しい。

(二〇一二・二・二五)

流氷に乗った天使

「長年、北海道にいて、流氷を見るのは初めてなんです」。観光砕氷船「おーろら号」のデッキから、身を乗り出すようにして俳句仲間の岩本《いわもと》くんが声を弾ませた。

網走《あばしり》の中心街にある船着き場を離れて数分、そこは、テーブル状の分厚い氷がひしめくオホーツクの海だった。

本来なら空と海の色が溶け合う青の世界に違いない。だが、流氷の時季ばかりは、天のブルーと白の海原が視界を二つに分ける。その果てしなく広がる氷原の向こうに、白銀をまとう羅臼岳《らうすだけ》や斜里岳《しゃりだけ》の鋭い山容がぼんやりと浮かんで見える。

「アムール川の河口付近から一〇〇〇キロもの距離を漂ってきているんですよね」。新聞記者でもある岩本くんは、興奮冷めやらぬ様子で、流氷にシャッターを切り続ける。

氷原の冷気は体の芯《しん》まで染みとおる厳しさだ。一五分も経《た》てば、たいていの観光客は寒さに耐えかねて船室へ逃げ込むだろうとの予想が外れ、当日のデッキは終始混み合ったままだった。

アムール川の上流はロシアと中国の国境を流れており、中国側からの水質汚染が懸念されている。しかし、流氷そのものはシベリア沿岸沖の海水が凍ったもののようだ。プランクトンの豊富な海として、北海道のオホーツク沿岸に恵まれた漁場をもたらしている。

しばしば流氷とともに話題となるのが、小さなハダカガイの仲間「クリオネ」だ。赤い内臓が透けて見え、半透明のひれ状の部分をひるがえして泳ぐ姿から〝流氷の天使〟などと呼ばれる。神秘的で可憐《かれん》な外見に反し、獰猛《どうもう》な捕食行動をとることが知られている。

といっても、二〜三センチ以下のプランクトンサイズだからかわいく思えるのだろう。クリオネを飼う人は意外と多い。

「欲しいかい?」。そう言って、クリオネの入った筒状のガラスビンを振って見せた地元のベテラン漁師がいた。

僕は、苦笑いしながら遠慮した。常呂《ところ》漁港の貝類処理倉庫で、焼き牡蠣《がき》と缶ビールをご馳《ち》走《そう》になっていた時だった。粉末コーヒーの空きビンの中で、十数匹のクリオネがひらひらと舞っている。

詰められた海水の回転が止まると、クリオネは力尽きたのか、ビン底へ沈んだ。ただ、餌がなくても三ヵ月くらいは生きるという。冷たい海水を好むので、冷蔵庫の棚に収めて飼うのだそうだ。捕獲された天使たちの行く末を思うと、なんだか複雑な気持ちになった。

その夜、前年秋に訪れたサロマ湖畔《こはん》のホテルに宿をとった。深夜、寝つかれずに目覚めると凍結して雪原となったサロマ湖の西方へ、茫々《ぼうぼう》と輝く、巨大な月のおぼろが沈み込もうとしていた。そう言えば湖畔の常呂遺跡の館には、地元で発掘された糸魚川産の翡翠玉が陳列されている。月のおぼろ傘は、あの白濁した翡翠玉の光みたいだ。

僕は、このままサロマの雪原を越え、薄明の氷原へスノーモービルを走らせてみたい衝動に駆られた。オホーツクの流氷が果てるところまで……。


(二〇一二・三・一〇)

天空の落人ルート

糸魚川ジオパークを訪れた際、地質学と奴奈川姫伝説の興味深い話を伺った。その糸魚川ジオパークと同じく高知県佐川町から越知町《おちちょう》にかけての一帯も、明治政府が招いたドイツ人地質学者ナウマン博士の研究対象だった。越知町は安徳天皇伝説が色濃く残っており、観光の二本柱となっている。

安徳天皇伝説の中心舞台となっている越知町の横倉山《よこくらやま》で、日本最古の海洋生物の化石が発見されているという。なにせ横倉山は、四億年以上前の造山活動の隆起と侵食で形成された山だ。元は赤道付近のサンゴ礁だったことが化石から判明している。

その横倉山には、宮内庁管理の安徳天皇の陵墓参考地や八十余の平家従臣を祀った塚などがある。明治新政府の宮内省・陵墓調査係は、平家滅亡の地・壇《だん》ノ浦《うら》と近い阿弥陀《あみだ》御陵のほかに、複数の陵墓参考地を指定した。壇ノ浦では安徳天皇の死を決定づける証拠が見つかっていないためだ。

もっとも、越知町では〝参考地〟などじゃあなく、たいていの人々が安徳天皇の御陵そのものだと思っている。多くは、自らが平家一門の末裔《まつえい》たることを信じて疑わない。

平家側の敗色が濃厚となった屋島《やしま》の合戦を機に、安徳天皇と護衛の従臣たちは各地の落人伝説の中へと散らばった。平家軍の主力部隊が壇ノ浦へ敗走した時、幼い天皇を伴う少数の精鋭部隊が密《ひそ》かに四国山中へ逃れたとしても不思議じゃあない。むしろ、容易に見通せる海や平地より、広大な四国山地へ身を隠そうとする方が自然だろう。屋島を起点とする逃亡ルートが、伝承とともに横倉山まで辿れるという。

山への入り口に当たる横倉神社は、僕の郷里から仁淀川沿いの国道を乗り合いバスで一時間弱ほど下ったところだ。道路整備の進んだ今ならもう少し早く着くが、蛇行を繰り返す仁淀川沿いの道のりはずいぶん遠く感じられたものだ。横倉神社脇《わき》の林道を車で二〇分ほど登れば、安徳天皇陵へ最も近い参道口・第三駐車場に着く。

そこから、整備された階段状の参道を辿れば杉の巨木に囲まれた平家ゆかりの神社や安徳天皇を祀る横倉宮《ぐう》へ至る。頂上付近へ近づくにつれカエデ、シイ、サカキといった原生林の明るい森の風景が占めるようになってくる。そして、問題の陵墓参考地は鞠ヶ奈路《まりがなろ》と呼ばれる奥まった台地に築かれていた。おごそかに石柱の柵で囲われた平地は、蹴鞠《けまり》を楽しむには十分すぎるほどの広さ。〝奈路〟は平らな場所を意味し、僕も方言として使っていた覚えがある。

参道の案内図に記された落人ルートを見て驚いた。我が郷里の地名があるではないか。

「驕《おご》る平家は久しからずよ」。遊び好きの僕をたびたびそう諫《いさ》めた母から聞かされた昔話がよみがえってきた。「峰道」「間道」の名で聞かされていた落人ルートは、幕末の土佐藩士が脱藩の際にも利用していた。参道入り口の記念碑にあった〝歴史とロマン〟の文字がいよいよ現実味を帯びてくる。

横倉山と郷里は地図上の直線距離で一三キロ弱。尾根筋の落人ルートなら半日で着く。よし、歩いてやろうじゃあないか……。

（二〇一二・三・二四）

被災地の春雨

二〇一二年の3・11は、高知市内で催される酒がらみの講演イベントと重なった。おおらかな土佐の酒宴風景に変わりはないものの、現実味を帯びてきた南海トラフ地震への心構えがほろ酔い談義の中にもうかがえる。地震発生の直後に壊滅するであろう、海抜ゼロメートルの高知市街地エリアも想定されている。人々は、今日か五〇年後かもしれない〝突然〟へ備えつつも、平穏な日常を懸命につないでいるかのようだった。

その数日後、会津若松《あいづわかまつ》へお邪魔した。こちらも商店街に活気を取り戻そうという催しだ。

ただ、放射能汚染の風評被害がのしかかっている土地柄。とても乾杯なんて運びになるのは難しいと思っていた。それでも冷たい春雨の中、〝ハイカラさん〟の愛称を持つレトロ調ボンネットバスで町内のイベント会場へ到着。模擬屋台が並び、林立する幟《のぼり》や集まったスタッフたちと市長の着た白いスタジャンの背には、僕の似顔絵がプリントされている。女性アナウンサーの呼び込みで仮設ステージへ上ると、いよいよイベント開始の合図。

「カンパーイ」とマイクで叫べば、ややタイミングのずれた打ち上げ花火がドドーンと鳴り響き、はたまた津軽三味線《つがるじゃみせん》の熱演が続く。一方、僕は市内の酒場めぐりへと案内されて乾杯に次ぐ乾杯。果ては、顔、顔、顔がぐるぐる回るほろ酔い状態へ。何軒の店をハシゴしたのだろうか。一刻も早く温泉旅館の湯に癒されて、明日の福島行きの体力を温存したいところ。

「西山温泉、西山……」の名を連呼していたらしい。

「東山温泉に着きましたよ」と、運転手さん。あれっ、西山じゃあなかったんだ。ようやく〝ハイカラさん〟号から降り、老舗《しにせ》旅館の玄関へ辿りついた。すぐさま、ガラガラと引き戸が開き、「いらっしゃいませ~」の唱和に迎えられて仰天。目の前の小上がりでは、大テーブルを囲む女将《おかみ》以下、旅館関係者が酒宴の真っ最中だ。

「美味《おい》しいワインも揃《そろ》っていますよ」。もうこうなったら誘いを辞退することなど僕でなくてもできないだろう。この後の意識は、酔いの迷宮入り。翌朝、朝食を知らせるモーニングコールまで、客間の布団の上に突っ伏して行き倒れ状態だった。囲炉裏端《いろりばた》での朝食を終え、三人の付添人に支えられつつ、福島の講演会場へ辿りついた。もちろん、地酒が取り持つ懇親会は欠かせない。僕も気力の及ぶ限り乾杯を繰り返した。放射能汚染という不安を心に沈殿させながらも、笑顔の乾杯はエンドレスかと見紛《みまが》うばかり。福島っ子のタフネスに脱帽だった。

もし、会津の夜が酩酊《めいてい》状態でなかったら、最後の話題は戊辰《ぼしん》戦争と土佐の自由民権運動家だった植木枝盛《うえきえもり》で盛り上がったのは必至。後日、旅館から小包が東京の事務所へ届いた。会津産の米に添えられていた一枚のＤＶＤの内容は、植木枝盛が火付け役となった福島県の自由民権運動史と、東北の復興をメインテーマとするものだった。

さて、我が守護神のほろ酔いエンジェル。いつまで微笑んでいてくれるのかな……。

（二〇一二・四・一四）

漂泊という名の自由

昭和三十年代半ばに「渡り鳥シリーズ」の名で一世を風靡《ふうび》した日活《にっかつ》株式会社の娯楽映画があった。主演は小林旭《こばやしあきら》、ヒロイン役が浅丘《あさおか》ルリ子のコンビだった。

三年間続いたシリーズは、計八本に及ぶ。日本各地のロケと、淡い恋心を抱きながらも去っていく男の哀愁が物語のメインとなっていた。だから、話の終わりにカップルが誕生してハッピーエンドとはならず、必ずさすらいの旅で完結する。

もっとも四八本もの驚異的なシリーズ化を達成した「フーテンの寅《とら》さん」だってさすらい人。主人公のタイプは異なるものの、おなじ漂泊者《さすらいもの》のイメージに対する共感が人気のきっかけだった。いずれにしても主人公は家庭的な温《ぬく》もりにとどまらず、さすらうことの自由を選択する。

「私も、夜中に白鳥の群れが飛ぶ姿を見ましたよ」。新発田《しばた》に住む俳句仲間の夫人が言う。数年前から始めた新発田にある酒蔵での花見吟行《ぎんこう》(俳句会)は、毎年四月半ばに催している。タイミングよく桜が満開となったけれども、前年まで見かけた新潟平野の白鳥は北へ飛び去った後だった。

「羽があるから自由なのよね」。夫人は、ちょっぴり意味ありげに言い足した。しかし、たいていの渡り鳥は絶滅危惧種《きぐしゅ》か、その危険性をはらんだものばかり。とりわけ、アホウドリの生態を追っていた映像カメラマンから聞かされた内容が身につまされた。

かつて伊豆《いず》諸島の鳥島《とりしま》はアホウドリの一大繁殖地だった。元来、海鳥の彼らは陸地での動きが不器用。抱卵する時期は、天敵の少ない絶海の孤島を選んだ。鳥島の最盛期には、一〇万羽単位のアホウドリがコロニーをつくっていたという。アホウドリが一斉に飛び立つ様は、島ごと天へ浮き上がるような鳥柱《とりばしら》を形成したと伝わる。

巨大な花吹雪が大海原に立ち上る光景を想像してほしい。白い羽を持つ命が繰り広げる地球規模のスペクタクルだったろう。しかし、その美しい羽毛が仇《あだ》となって人間による乱獲が始まる。その名の由来どおり、ばたばたとあわてふためくだけのアホウドリは、人の手で容易に撲殺されてしまった。

酔っぱらいも、時にはアホウドリのごとく無防備だったりする。パソコン入りの重いカバンを背負い、深酒の勢い余って植え込みの中へ仰向《あおむ》けに転んだまま、バタつくしかなかった我が身と重なる。そう言えば、ボードレールの詩の一編に「アホウドリ」があった。航海中の甲板に舞い降りたものの、船員たちの慰めものとなる情けない様子が詠まれたものだ。当然、アホウドリは詩人自身にほかならない。

北の千島《ちしま》列島海域で成鳥となったアホウドリは、三陸《さんりく》沖を経て洋上のピンポイント、鳥島へと向かう。そして、彼らは月夜の水平線に懐かしい鳥島を発見。島の南半分が、あたかも千島列島で見た雪渓《せっけい》のように白く輝いている。その発光の正体が人に狩り尽くされたアホウドリの白骨のためとも知らず、安堵《あんど》して降下を開始したに違いない。

時を経て、トキやアホウドリの懸命な絶滅回避努力が人の手でなされている。僕らは自ら犯した地球への罪をどこまで贖《あがな》えるだろうか。

（二〇一二・四・二八）

大洋を呷る人々

おそらく、大杯での酒の一気飲みがイベントとして流行したのは、町民文化の爛熟《らんじゅく》した江戸後期のようだ。幕末から明治にかけて活躍した河竹黙阿弥《かわたけもくあみ》の歌舞伎狂言「大杯觴酒戦強者《おおさかずきしゅせんのつわもの》」にも大酒飲みが登場する。また、酒合戦の話として書かれた戯作本《げさくぼん》によれば、三升入りの大杯を六杯半空けたなんて途方もない酒豪たちが張り合ったりしている。ま、これは洒落本《しゃれぼん》や滑稽本《こっけいぼん》らしいフィクションがらみのことだろう。

ところで、新潟は日本酒王国ながら、一気飲み大会のイメージと結びつかない。マイペースでとうとうと飲み進むタイプなら男女ともに見かけるものの、おおむね新潟人の飲み方はスマート……かな。

前年の夏、新潟市江南区《こうなん》にある豪農建築としても名高い北方文化博物館へお邪魔した。その折、現館長の伊藤《いとう》さんから伺った話が意外だった。というのも、伊藤家所有の山林が県内の複数箇所に点在しており、それぞれの管理人たちをねぎらう酒宴の目玉は、大杯の一気飲みらしい。しかも伊藤家の伝統行事の一つで、一升酒の入った大杯を管理人みずからが呷って見せたという。これは江戸の見世物風の酒飲み合戦と違って、伊藤家グループの結束を深めるためだった。もともと人前で大杯を飲み干す飲酒スタイルは、共同体意識の確認と神事とが根っこにある。

ところが、これら双方の要素をひっくるめたドロメ祭りが、高知県香南《こうなん》市で行われている。泥目《どろめ》と呼ばれるイワシの稚魚の豊漁を祝う祭りながら、メインは大杯の一気飲み競争だ。男一升、女五合の清酒の注がれた大杯を飲み干す速さが競われる。会場は土佐湾に面した小さな漁港脇の砂浜。土佐藩の元お抱え絵師だった金蔵《きんぞう》が晩年を過ごしたことでも知られるところだ。狩野《かのう》派に学び葛飾北斎《かつしかほくさい》と匹敵するほどのデッサン力を持ちながら、贋作《がんさく》事件に巻き込まれて城下追放の身だった。しかし、〝絵金《えきん》さん〟の通称で親しまれた異端の芝居絵師。その絵金が町のヒーローになっている。

二〇一二年のドロメ祭りは、四月末の日曜日に開かれた。青い海と空にアドバルーンが揺れ、一万人の人出でごった返す。六割近い人々がほろ酔い、喧騒《けんそう》と打ち寄せる波音がラテン音楽のリズムを刻む。地元の漁師の主婦らが水揚げされたばかりのドロメを生食用に賄《まかな》う。それにはニンニクの茎をすりおろしたヌタも添えられた。そこらじゅうで屈託のない笑顔がこぼれる。

特設舞台ではエントリーした酒の強者たちが、お囃子《はやし》に乗せられて朱塗りの大杯を呷るも、待機したドクターの助けは必要なかった。ドロメ祭りの大杯競技は、半世紀以上も無事故で受け継がれてきた。酒の前に人の上下をつくらない無礼講が信条の土地柄。文字どおり老若男女が集い、今や県を挙げての大祭となっている。

「類さ〜ん、YouTube《ユーチューブ》の動画サイトで、類さんの一気飲みの様子がアップされていましたよ〜」。翌日、こんな内容のメールがパソコンへ届いた。さすがインターネット社会と、苦笑いするほかない。

（二〇一二・五・一二）

映画のように

蝶の飛翔を見かけると、つい視線が奪われてしまう。特に初夏を迎えた時季ともなれば、必ずカメラは持ち歩くようにしている。ある日、カメラで撮った蝶のデータをパソコンに整理していた時のこと。クリックした蝶の項目から、映画「パピヨン」の紹介画面が表れて、思わず手を止めた。しばし、鮮烈なラストシーンがよみがえってくる。

断崖に打ち寄せる怒濤《どとう》と青い水平線、それを見下ろすスティーブ・マックイーン演じる囚人・通称パピヨンと相手役のダスティン・ホフマンの姿だ。パピヨンはフランス語で蝶を意味し、マックイーン扮《ふん》する囚人の胸にもタトゥーがある。実話を描いた小説が、一九七三（昭和四十八）年にアメリカで映画化。二十世紀の初頭にフランス政府が管轄していた南米の小さな離島刑務所を舞台としている。

ストーリーは、無実の罪で終身刑となった男の脱獄劇だ。圧巻は、パピヨンが断崖絶壁からうねるブルーの海へ身を躍らせるシーン。あらかじめ投げ込んであった手製の浮き袋へ無事這《は》い登り、海原を漂流する場面で終わる。アカデミー音楽賞にノミネートされ、哀調を帯びたテーマ曲も大ヒットした。むしろ、この映画音楽から映像を思い浮かべる人が多いかもしれない。結局、事実は脱獄に成功して後、ベネズエラの市民権を得たという。

一方、日本にも脱獄で一世を風靡した男がいた。〝昭和の脱獄王〟と称された白鳥由栄《しらとりよしえ》だ。昭和十一（一九三六）年の青森刑務所を皮切りとして、秋田、網走、昭和二十二年の札幌刑務所と、四回の脱獄に成功している。針金で合い鍵を作り、手製のノコギリ、味噌汁《みそしる》で手錠を錆《さ》びさせたり、果ては自らの関節をはずすなど、知能と超人的な体力が備わっていた。彼をモデルにした吉村昭《よしむらあきら》の小説『破獄』は、テレビドラマ化までされた。

ところが、この脱獄記録を上回る人物が明治期にいた。安政《あんせい》元（一八五四）年、三重県生まれの西川寅吉《にしかわとらきち》は六度の脱獄をやり遂げている。逃亡中、五寸釘《くぎ》を踏み抜いたまま十数キロも移動したことから〝五寸釘の寅吉〟という異名が付いた。各地で獄中生活と逃亡を繰り返しており、北海道の石狩《いしかり》平野にある樺戸集治監《かばとしゅうちかん》では三度の脱獄経験を持つ。

ただ、寅吉の生涯は、まさしく任侠《にんきょう》映画さながら。十四歳の時、賭博のもつれで殺された叔父の仇討《あだうち》事件を起こして捕まり、三重の牢獄《ろうごく》に収容された。他の囚人たちに一目置かれるも、仇討は未遂だったことを知る。再度、仇討をもくろみ、四人仲間の助けで脱獄……と、まあこんな任侠映画はどこかで見た気がする。時代劇映画風に言えば、凶状持ちの渡世人だったのだ。

今は博物館となった樺戸集治監に、寅吉の資料が残されている。寅吉の自筆の書に「西に入る夕日の影のある内に罪の重荷をおろせ旅人」があった。晩年を迎えて出所し、八十七歳で没しているが、穏やかな境地にあっただろうと想像できる。

一九七〇年代にヒットした映画「パピヨン」をはじめ、明治、昭和の脱獄王たちの尋常ならざる自由への執念と、凶暴性のないヒューマンな人柄が共通している。彼らが時代を超えて共感を呼ぶのは、人の心も何かに囚《とら》われているからだろうか。

（二〇一二・五・二六）

猫の駆け込み酒場

「猫は、曜日も時刻も分かるんですね」。ノラ猫が居ついている大衆酒場の老女将、ますみさんの話だった。きっちりと閉店時間を見計らって、どこからともなくノラ猫たちが店へと集まってくる。しかも、閉店時間が一時間早くなる土曜日さえ、平日と同じく店の裏口へ並んで客たちの帰るのを待つ。そこには、風と猫の通り穴として四角い猫窓が開けられているからだ。

店内は、二坪半ほどの賄い場をぐるりと囲む低いカウンターのみの設《しつら》え。ところどころ土間の床がカウンターごと傾いている。客たちは、昔の銭湯で使っていたような木製の腰かけ台へ着く。混み合ってくると長方形の腰かけ台を縦に置き、跨《また》いで座って詰め合う。それでも、一五人くらいがマックスだろうか。ただ、腰を下ろした客たちの目線が低いので、さほど窮屈な感じはしない。煤《すす》ぼけた昭和レトロ酒場を象徴するかの店構えがウケており、マニアックなファンも少なくない。

店は、太平洋戦争末期の東京下町大空襲で焼け野原となった江東《こうとう》区の木場《きば》にある。現在は、マンションや工場の建つ街並みながら、古びたままの一軒家をかろうじて保っている。二〇年近く前、ハンジローというボス猫を筆頭に一七〜一八匹のノラ猫たちのねぐらだったころとほとんど変わらない佇まいだ。オスのボス猫は黒毛に白毛を配した模様なので、半白《はんしろ》からハンジローの名が付いた。戦前昭和の漫画本で大人気となった犬のキャラクター〝のらくろ〟と似ていなくもない。しかし、開発が進むにつれて、街からノラ猫の姿は消えていく。店のノラたちの数も今や三分の一に減った。

僕がボス猫のハンジローと出会った当時は、猫用に手作りされた小さな車椅子姿だった。それでも大八車《だいはちぐるま》状のリヤカーに乗せた半身を、自ら引いて歩く恰好《かっこう》は凜々《りり》しくさえ見えた。「モップで背骨を叩《たた》かれたようでね。麻痺《まひ》しちゃったんですよ」。ますみさんは、ハンジローの思い出話をするたびに寂しそうな視線を遠くへ向ける。時間どおりに帰るはずのハンジローが戻ったのは、三日目の未明だったという。家人は異様な鳴き声に気付いてカウンター奥の猫窓から裏口をのぞくと、最後の力を振り絞って訴えている衰弱しきったハンジローがいた。なんと、麻痺した後ろ半身を前脚だけで引きずって戻ったが、猫窓へとジャンプする脚力はない。その後、家人たちの看護に支えられ、猫仲間のボスとしての信頼と威厳を保ったまま天へ召された。

下町に限らず、大都市の狭い緑地帯をよりどころとするノラ猫たち。彼らの多くは、〝猫おばさん〟と呼ばれる動物愛護者の私的支援で生き延びている。散歩がてら、出会った何人かの猫おばさんに動機を伺うと、「戦争体験者のわたしらは、飢えの苦しみを知っていますものね……」。だからこそ、小さな命たりとも無下に扱えないと、異口同音の猫おばさんの答え。ノラ猫の存在は、近代的な街の美化にはそぐわないかもしれない。一方で、ネズミ対策を兼ねて地域ぐるみで猫と共存する、いわゆる〝地域猫〟として取り組む町がある。
そんな町の裏路地には、子供らの歓声が過ぎたり、お年寄りたちの笑顔とだって容易に出会うことができる。

（二〇一二・六・九）

夢と夢の狭間

人生の夢を問われた経験は誰しもあるだろう。僕も、この種の問いかけを幾度となく受けた。しかし、ビジョンとしての夢なら、およそ人の数ほど存在する。だから、質問者は突拍子もない回答を期待するのかもしれない。

一方、僕が関心を抱いていたのは睡眠時に見る夢だった。少年期には夢の記憶を日記のように綴《つづ》っていた。まだ、夢の不思議さに魅せられていたころだ。ある時、連続テレビドラマみたいに続く夢を経験、人の脳の機械的な側面が垣間見えた。日曜の朝ごとに記した夢日記は、短いながら同じストーリーが二話、三話と数回にわたって展開した。そして、いつしか愛するものを夢の中へ登場させることもできるようになった。

また、同じ夢を数年間にわたって繰り返し見たこともあった。映像は決まってV字渓谷を流れる清流と、谷底から見上げる急斜面へ軒を連ねる集落の風景だった。これらは、生まれ育った故郷の自然環境をモデルとした夢の原風景ともいえる。幅の狭い空から差し込む鈍い陽光が黄色だったのは、海峡を越えて四国山地へ達した黄砂の記憶にほかならない。

もう一つ、よく見たのが空を飛ぶ夢だった。野山をすれすれに浮遊するのが常で、絶えず落下の恐怖感も伴っていた。ま、浮遊の夢は多くの人に共通するものらしい。それだけ人間社会のもたらす個人へのストレスが似通っているからだろうか。いずれにしても、日常生活の記憶を要因としたフィクションが夢の世界だ。

少年期から青年期へ成長するにつれ、夢の内容に不快なイメージが表れ始める。やがて、成人となってからは悪夢にさいなまれることが珍しくなくなった。精神医学、あるいは『夢判断』等で知られるフロイト流に解せば、経験したストレスの潜在的な蓄積が悪夢のかたちで表面化する。もっとも、精神を圧迫するストレスが人間社会から消えることはないだろう。

それでも、人が悪夢から自力で目覚められる能力を備えていることに気付いた。例えば、悪夢の連鎖に陥りかけた場合、ふと「これは夢かもしれない」という疑念がよぎったりする。

その時こそ、覚醒時の脳波を増幅させるように念じるといい。一見、SF映画「マトリックス」みたいだが、悪夢への拒絶反応として起こる身体的変化がカギ。この一種の防衛衝動によって正常な自己意識が覚醒し、夢の中のトリックを見破れる。仮に、新聞、雑誌、看板の登場する夢でも、判読できる文字など存在しないケースが多い。あくまで文章らしき幻影によって構築される世界だからだ。

じゃあ、気分の良い夢を見ている場合はどうするかって？　夢心地のままいたいと念じるのだ。けれども、快感を求める意識が強すぎてか、残念ながら目覚めてしまう。所詮《しょせん》、夢を見る生理的時間は短い。どうやら、生あるかぎり尽きることのない現実的な夢の方に分があるようだ。

もし、悪夢に襲われそうな予感がしたら、寝酒の一杯でもひっかけようじゃあないか……。

（二〇一二・六・二三）

美しき菩薩の彫像

数年前、奈良県・興福寺《こうふくじ》の阿修羅像《あしゅらぞう》が一般公開されて人々の関心を集めた。すらりとした細身に三面（顔）と長い六本の腕が特徴の像で、百済《くだら》からの渡来人仏師・万福《まんぷく》を長とする工房の作とされている。この天平《てんぴょう》時代の阿修羅像のひとかたならぬ人気のわけは、実在する人物をモデルに使っての造形だからにほかならない。とりわけ正面の中性的な表情は、困惑を湛えた眉間《みけん》の皺《しわ》が官能的とさえ解釈されている。それゆえに信仰対象とする仏教美術の域を超え、純粋アート作品としてのファン層も多い。

身長一五〇センチ余りの阿修羅像は、脱活乾漆造《だっかつかんしつぞう》という一種の塑像《そぞう》技法で作られており、内部が空洞のうえに材質も軽い。けれども、見る者にとって阿修羅像の材質が漆《うるし》で塗り固めただけの布だなんてイメージはない。むしろ、金属的とも思われるほどの重厚な質感を漂わす。そして一三〇〇年の時を経た今も、人々は阿修羅像の謎めいた魅力に翻弄《ほんろう》されている。

僕にもいくぶん衝撃的な仏像との出会いがあった。

「きっと感動するわよ」。馴染《なじ》みだった小料理屋の女将が、京都の西京《にしきょう》区大原野《おおはらの》にある山寺・勝持寺《しょうじじ》の仏像を見るべきだと勧めてくれた。勝持寺は、平清盛《たいらのきよもり》と同期の武士だった平安時代の歌人・西行《さいぎょう》が出家したことで知られ、〝花の寺〟の俗称を持つ。まだ、僕が仏教美術の門前に立ったばかりの若造だったころだ。当時、勝持寺に安置されていた如意輪観音菩《にょいりんかんのんぼ》薩《さつ》半跏像《はんかぞう》が、仏像愛好家の間で静かなブームを呼んでいた。もともと、この菩薩像は隣接する願徳寺《がんとくじ》の所蔵だったが、再建の事情で勝持寺に預けられていたらしい。事情はともかく、菩薩の拝観時間が決められていて、最終回の数人だけで本堂脇の御堂《みどう》へと入った。

暗い御堂の中、正面に並ぶ仏像たちの説明を僧侶から正座のまま聞いていた。「左側をご覧ください」。やおら、そう言われた気がして正座の向きを変えると、均整のとれた菩薩坐像の黒い影があった。突然、ぱっと灯明がともってその影を照らした。すると、如意輪観音菩薩半跏像がスポットライトに浮かんでいるじゃあないか。すっと伸びた背筋に彫りの深い美形の仏相。衣が肩から分厚い胸板を伝い、腰回りの水紋様にまとわりついて、垂らした右足へ流れ落ちる。黒檀《こくたん》風の光沢に覆われた一木彫《いちぼくぼり》と見受けられた。古代ギリシャ彫刻を彷彿とし、ガンダーラからの渡来菩薩像か、あるいは渡来人の作だろうか、などと想念がよぎる。

僕はもう、すっかりと歌舞伎なみの見事な演出にはまっていた。なんとも我ながら感化されやすいタイプであったと、今更のようにあのころを振り返る。

近年、仏像鑑賞ブームは青年たちにまでも広まっているという。どうやら菩薩像や如来像の表情に癒しを求めてのことらしい。

レオナルド・ダ・ヴィンチの描いたモナリザや、京都・広隆寺《こうりゅうじ》の弥勒菩薩半跏思惟像《みろくぼさつはんかしゆいぞう》に見る微笑みも、古代ギリシャ彫刻の人物像が湛える〝アルカイック・スマイル〟と言われる。きっと人の微笑みこそは、慈愛を意味する世界共通の表現に相違ない。

（二〇一二・七・一四）

酔い酔いて雲の峰

二〇一二年の夏は、トークショーにからむ飲酒の機会が連日続いた。ほろ酔いで、前夜の記憶もおぼつかないまま当日のイベントを迎える、という具合だ。札幌の老舗ホテルでの催しが圧巻だった。四〇テーブル三二〇人全員と怒濤のような乾杯で締めくくった。さらに翌日、翌々日と小樽《おたる》へ場所を移して屋形船吟行やら、レンガ横丁のハシゴ酒やらと酒の切れ間がなかった。ほうほうの体《てい》で東京の仕事場へ舞い戻ったものの、体内へ貯め込んだカロリー量が気にかかる。

「そうだ、山へ登ろう」。もともと体調のリフレッシュは、森林浴を兼ねた登山で行う習慣があった。まだ、三〜四日は夏休みに当てられる。北アルプスや南アルプスの山行計画を立てる余裕はなかったけれども、山梨県、埼玉県へと広がる秩父《ちちぶ》連峰のメインルートなら幾度となく登った経験がある。ただ、この時季、目の覚めるような紅葉も癒やされる涼風もない。虫よけスプレーを頼りとしながらひたすら汗との戦いに終始しなくてはならず、苦行みたいな山歩きとなる。

当日のザックの中身は、スポーツドリンク五〇〇ミリリットル入りペットボトル四本と糖分補給のキャンディー一袋のみ。あとは、大量の発汗に備えて四～五枚の着替えを詰めた。登山口は、東京からのアプローチとして使われる秩父山系の懐、奥多摩湖《おくたま》（小河内《おごうち》ダム）の最奥にある街道沿いの集落からだ。歩行を開始して二時間弱、マウンテンバイクの中年男性二人組に追い越された。まだ、僕の肉体は濡《ぬ》れ雑巾なみに重く、二〇～三〇分間隔で後続の登山者たちが追い越していく。

近年、マウンテンバイクによる山岳サイクリングが流行《はや》っており、同じ秩父山系の雲取山《くもとりやま》（標高二〇一七メートル）から脱兎《だっと》のごとく登山道を駆けおりるうら若き女性と遭遇して驚かされたことがある。整備された登山道なら、数キロのザックと十数キロのバイクを担ぐとも、さほど過酷ではない。むしろ歩行より大幅に時間を短縮できる。ランニング登山者（トレイル・ラン）同様、片道六～八時間の歩行ルートなら日帰りするのが常だ。

手持ちのドリンク二リットルを飲み干した正午過ぎ、水の補給に避難小屋へのルートへ踏み入った。その避難小屋との分岐点。

「あーっ、〇〇さんでしたよね」。一人の男が山ガールファッションの二人組に声をかけた。ランニング可能な軽装備で、妙に体力を持て余したかのような表情が不気味だ。ところが前年、同じ場所で全く同じシチュエーションに遭遇したことを思い出した。しかも、その時の男の風貌と酷似している。二人組は男の舌先にひっかかることなく、避難小屋での飲み水補給を終え、登山道へ向かおうとした矢先。スコールのごときにわか雨が降ってきた。「今からじゃあ明るいうちにあの山小屋まで行けるかなあ……」。人里を離れて二カ月間になるという雇われの小屋番が言う。しかも山小屋へ通じる唯一の巻き道（トラバース）は草刈り整備が不十分で危ないだろうと付け加えた。二人組の片方は靴も装備も真っさら。一目で初心者と分かる。

「いやあ、ゆっくり歩いたって五時までには着きますよ」。僕はそう言い放って、その場を後にした。

一五分ほど登ったところで稜線《りょうせん》が現れた。雨も上がって天には真夏の青とひときわ白く輝く雲の峰。谷側から小鳥の囀《さえず》りが響く。どうやら、奇妙な鳴き声が特徴のセンダイムシクイ（仙台虫喰。メボソムシクイ科）の囀りも聞こえてきた。「……キキキ、ショウチュウイッパイグィー」だってさ。

しかしこの後、例の逃げ場のない巻き道で、戦慄《せんりつ》のストーカー行為に見舞われるなんて思いも寄らなかった。

（二〇一二・八・二五）

道を逸れた登山者

奥多摩を中心とする秩父山系の尾根歩きは、紅葉や雪の富士の眺められるベストシーズン以外、人気《にんき》がない。雲上からの大パノラマを条件とするアルピニストたちには、物足りないのだろう。けれども、峰々の最深部には、水道水確保のために水源涵養林《かんようりん》として残されたブナ系樹林の森がある。ヤマメ（山女魚）やイワナ（岩魚）を追える野趣豊かな渓谷美に魅せられて足繁《あししげ》く通ったものだ。すれ違う登山者の装備は地味で、おおむね中高年のグループだった。

しかし、ここ数年の間で里山登山者の様子が変わった。ファッショナブルな登山装備の若いカップルに、マウンテンバイクを駆る山岳サイクリングの中年男子と、さまざま。かく言う僕は、体内に沈殿した酒気を抜くための登山だから、ほめられたものじゃあない。歩行を開始して約六時間が経過した七合目付近。ようやく本来の体調を取り戻しつつあった。

「こんにちは、どこまで行かれるんですか」。屈強そうなマウンテンバイクの青年が、下山態勢のまま声をかけてきた。僕は軽い会釈《えしゃく》と山小屋泊まりを告げただけで、足早に通り過ぎた。すぐに二〇メートルほどの急坂をよじ登って振り返った。すると、坂下の青年がマウンテンバイクの向きをひるがえし、ひょいと担いで登りに転じた。みるみるうちに迫ってくる青年を待ち、「お先にどうぞ」とスルーした。ただ、山小屋へ向かうコースが、巻き道利用となる可能性をそれとなく伝えてしまった。

傾いた西日が雲の切れ間から淡く差し込むころ。山頂の東斜面にある巻き道の日暮れは早い。だが、山小屋までなら明るいうちに着ける。いずれにしても、今日の巻き道を辿る最後の一人だ。ほかは、ニホンジカとの遭遇か、谷底から響いてくる猿の声ぐらいのものだろう。三〇センチ幅ほどの巻き道は、クマザサも刈られて整備されている。軽快な足取りにつれ野性的な感性がよみがえる心地がし始めた。

と、三〇メートルほど先に例のマウンテンバイク青年の姿。狼狽《ろうばい》したかの表情ですたこらと、引っ返してくるではないか。実は、この事態、予想していた。

「道を間違ってるようですよ。この先は自然崩落で通行不可能です」。僕は、その言葉に気もとめず、素早くマウンテンバイクの脇をすり抜け、「平気だから先へ行きますよ～」と、冷たくあしらった。もう僕の脚力は、ほろ酔いといえども天狗《てんぐ》なみに回復している。無論、青年がストーカーと化すだろうことも分かっていた。

案の定、バイクを担ぎ、またはペダルを漕《こ》いで追跡してくる。だが、無駄な努力というもの。小一時間も経たないうちに、山小屋は目の前だった。後から追い付いてきた青年がバッの悪そうな面持ちで「この道、間違ってなかったんですね」とつぶやいた。僕はにこやかにうなずいただけで、一言も応じなかった。

避難小屋で聞かされた巻き道の不整備情報も、通行不能の話も結局は根拠のないガセネタだった。山小屋客はピーク時の二割ほどと少なく、個室でくつろげた。缶ビールがソフトに喉《のど》を押し開く。

ニホンオオカミの絶滅した秩父山系の山路。今は、人ズレしてピュアな野生を荒廃させている。言い知れぬ寂寥感《せきりょうかん》のなか、いつしか深い眠りに落ちていた。

（二〇一二・九・八）

夏空に消ゆ

まだ薄暗い山小屋の外へ出てみると、東京湾の上空あたりは深紅《しんく》の朝焼けに染まり始めていた。数分後、赤い太陽が闇《やみ》の奈落からせり上がってくる。それも束《つか》の間、たちまちオレンジの発光源に変わる。山小屋の宿泊客たちは、このショーを見終えるとそそくさと朝食の長テーブルに着く。

「ご飯の大盛り、おかわりくださーい」。テーブルのあちこちから声がかかる。いずれも中年男子の登山客だ。登山で少しでも体重を減らそうとする自分の了見が、みみっちく思えてくる。

朝食後、山小屋の水場で飲料水を補給。脇の休憩所にいた青年の姿が見えなくなるのを待ってから出発した。せっかく自然との対話が楽しみで来ている我が身、他の登山者との接触はなるべく避けたい。

三〇分ほど登山道を下っただろうか。山小屋からの下山道にある三叉路《さんさろ》で立ち話する二人の人影が見えた。一人は水場でちらちらとこちらに視線を向けていた青年だった。

普通、登山者は緩い下山道を三〇分くらい歩いたからとて、休憩などしない。三叉路は、下山者が確実に通過する地点。案の定、その青年は待ってましたとばかりに声をかけてきた。「どちらへ行かれるんですか」。笑いかける表情の奥に、ある種特有の冷酷さがうかがえる。さらに「連れの方は……」と聞いてきた。僕はどちらの問いにも答えず、「埼玉県側へ下山するよ」とだけ言い、会話を拒否して足早に過ぎた。どうやら、水場に居合わせた女性登山客を僕の連れだと勘違いしていたのだろう。その女性は登山客の多い山頂ルートを辿った。

通常、登山者は挨拶以上の言葉を交わさないものだけに、意図の見えない質問がうっとうしい。ただ、若いカップルが一組、後から下山してくる。カップルがこの図々しい登山者たちと遭遇しないことを老婆心ながら願った。

いずれにしても半年余りの間、日帰り登山を余儀なくされていたものの、二日目の歩きは順調そのもの。登り下りもほぼ同じスピードでひた駆けること二時間余り。ようやく、登ってくる一人目の中年男性と出会った。男性は軽い会釈だけですれ違い、黙々とザック姿を見せて去った。

僕ものんびりとした歩みを取り戻した。一匹のクジャクチョウ（孔雀蝶）にそっと近づいてカメラを向けるも、舞い上がって消えた。と思いきや、僕の深くかぶった登山用ハットの広いツバに休んでいた。小鳥の囀《さえず》りの中に、またしてもセンダイムシクイの鳴声「ショウチュウイッパイグィー」がある。そんなこと言われなくても下山直後に「グィー」とやった。

翌日からは酒がらみのイベントが詰まっている。翌々日、早朝エクササイズのつもりでマウンテンバイクにまたがった。多摩川土手の長い下り坂へさしかかったその時、携帯の着信音に左手が反応してハンドルを放した。

勢いづいた下り坂、右手の前輪ブレーキだけでは制御不能、もんどり打って顔面から墜落。同時にあばら骨をハンドルへ打ち付け、一瞬、呼吸が止まった。

救急車から担架で運び出され、救急病棟へ向かう途中。でも空には、夏の青と白い雲が浮かんでいた。

（二〇一二・九・二二）

旅の途中で……

「大滝《おおたき》さんがどうしてもうちの純米吟醸を飲みたいとおっしゃいましてね。先日送らせてもらったんですよ」。岩手県盛岡にある酒造メーカーの杜氏《とうじ》さんが目を輝かせる。朴訥《ぼくとつ》な口調と親しみ深い人柄でファンの多い名優、大滝秀治《しゅうじ》さんが直接電話してきたという。けれどもこの時、大滝さんはすでに亡くなっておられた（享年八十七歳）。その事実が所属事務所より発表されたのは十月五日。僕が盛岡を去った後だった。大滝さんは時折、渋谷の立ち飲み屋を訪れており、大のお酒好きとしても知られていた。はたして盛岡の純米酒が辞世の一献となり得たのだろうか。

二日後の夜、僕は大阪駅に隣接するホテルの一室にいた。テレビ画面には、生前の大滝さんが映し出されている。しばらくその画面を眺めているうち、無性に昭和酒場が恋しくなってきた。

気が付いた時にはホテルから出て、立ち飲み屋がやたらと多い新梅田《しんうめだ》食道街《しょくどうがい》を物色していた。その横町の一角、〝赤のれん〟と朱色で染め込まれた暖簾《のれん》が目にとまった。七～八席で埋まりそうな寿司《すし》カウンターには、三十歳前後のカップルと四十代の女性客が一人いた。

しかし、肝心の店主の姿が見当たらない。

「今、トイレに行ってはりますワ」。女性客の言葉の直後、店主が戻ってきた。亭主の後を引き継いで一七年というういくぶん細面の女将だった。

「そらー、アンタの妹はＤＶ（ドメスティック・バイオレンス）の被害を受けてるんやワ。でも、その旦那《だんな》と別れることはないやろな」。女将はカウンターへ着くなり、カップル客との身の上話に応じる。

「そやけど、あのままやったら妹が精神的に破滅しよるわ」。男性が大阪芸人そっくりの口調で、女将に食い下がる。「あのー、ハマチを握ってください」と、僕が口をはさんだ。「あっ、ごめん、忘れてたワ。お客さん、どない思われます」。まるで新喜劇さながら、個人のプライバシーを遠慮なく侵害する会話が飛び交う。てっきり、よほどの常連か、女将の親戚客かと思うと、なんと赤の他人同士。「わたしかて、初対面ですワ」と、隣の女性客。

女将の握った寿司は、カウンターに設《しつら》えてある専用台へ乗せて供される。その台が手前に傾いているためか、シャリの上のハマチがグニャーと剝《は》がれ落ちた。今度はウナギを注文するも、やっぱりグニャーと崩れた。しかたなく握りを整えて口へ運べば、これがまた妙に旨《うま》い。会話が止めどなく続き、まったりとなま温かい雰囲気に呑まれかけたところで、おいとましました。

「お客さん、夕霧《ゆうぎり》そばで一杯やらはんねやったら、裏メニューがおススメやヨ」。女将の声が背後に響いた。曽根崎《そねざき》にあるお初天神《はつ》の境内《けいだい》脇に蕎麦《そば》の専門店「夕霧そば 瓢亭《ひょうてい》」がある。女将がすすめた〃カレーそば〃は裏などではなく、今や人気メニューの一つらしい。なんともタブーを厭《いと》わない大阪の庶民パワーが感じられる。

お初天神の境内には、近松門左衛門《ちかまつもんざえもん》作「曽根崎心中」の立て看板があった。佇んで、派手なイルミネーションが錯綜《さくそう》する夜空を見上げると、グニャーと歪《ゆが》んだ橙色《だいだいいろ》の月が紛れていた……。

（二〇一二・一〇・一三）

旅人の視点

缶ビールの栓を開ければ、車窓の風景が流れ始める。やがて視界が広がっていき、遠景は山々を配するようになる。じっと眺めていると、山腹のところどころが紅葉色《もみじいろ》をまとっていることに気付く。そして、もう一方の車窓ガラスには、旅人の顔をした自分の姿が映っているかもしれない。

車内ポスターも、駅のチラシも、黄や赤の色が目立っており、行楽の秋をここぞとばかりにアピールしている。それにつられたわけじゃあないが、僕も連日、旅行鞄《かばん》を携えたままだ。ここ数年、上越新幹線を利用することが多い。まるで、通勤電車の感覚で座していることもある。けれども、怪我《けが》や病気に見舞われると、ふと〝旅の終わり〟も見え隠れする。

昔、インドを旅したことがある。まだ一週間ほどしか経ていないある日、ガンガ（ガンジス川）の中流域にあるベナレス（バラナシ）を訪れた。そこはヒンドゥー教の聖地として知られ、リキシャと呼ぶオート、あるいは人力の三輪タクシーと、自動車、人、痩《や》せ細った牛やらが通りにごった返すカオス（混沌《こんとん》）の街。ベージュ色で薄手のフード付きブルゾンとブルージーンズに身を包んだ僕も、香辛料と香《こう》が匂う喧騒の中の塵《ちり》の一つにすぎなかった。巡礼者の目的は、聖地の象徴たるガンガでの沐浴《もくよく》だ。沐浴場となる河岸はガート（階段）となっていて、そのまま川へ身を沈めることができる。

僕は、ある小説家の描いていたマニカルニカ・ガートと呼ばれる沐浴場に興味を持っていた。寺院建築と雑居ビルの混在する旧市街地の狭い路地を抜ければ、それらしき一画に辿りつける。そこはまた、火葬場でもあり、数カ所に煙が上っている。ガンガは、水源のヒマラヤ山脈から大平原を流れてくる。清流を見慣れた目には泥の大河と映る。対岸は荒涼たる砂地。さしずめ賽《さい》の河原だ。だが、観光客用の小舟へ乗り込んで、逆にこちら側を眺めれば、火葬の様子は地獄の業火《ごうか》と見紛うだろう。

ところが、あまりに整然と営まれるせいか、その場にいても違和感がない。気が付けば、ガートの中段あたりにくすぶる火葬の一つを手伝っていた。遺体は白い布にくるまれており、男性のものだと分かる。茶毘《だび》の火力が衰えると、見守る周囲の者が棒か何かで遺体ごと突き崩して弔う。よそ目には、僕を日本人観光客などと思うまい。けれども、焼け焦げる臭いに一五分間ほどを耐えるのがせいぜい。遺灰をガンガに返すところまでは付き合えなかった。

「人生は旅なのかもしれん」。歳《とし》を重ねると誰しも、そう考えるらしい。僕は、あの時のガンガで、〝旅の終わり〟を見たのじゃあなかったろうか。まどろみの中に旅の回想をしているうち、突如、車窓からオレンジ色の眩《まぶ》しい西日が差し込んできた。列車は新潟平野へ向かって滑り続け、右手後方に褪《あ》せた八海山《はっかいさん》の山並みが逃げる。

ある知人が僕をねぎらって掛けてくれた言葉がある。「土は風を待っている。旅人は風なんですよ」。それが〝風土〟となるらしい。

（二〇一二・一〇・二七）

風になった話

乾いた風が木々の梢《こずえ》を走り抜ければ、あたりは落ち葉吹雪の舞台となる。秋のクライマックスといえる光景だ。十一月ともなれば各地で見られる。この紅葉ショーは、北海道から日本列島を南下して終わる。ちょうど、その時季と合わせるかのように北海道から青森へ渡って、東北、そして西日本へと僕の旅程も組まれていた。

ところが、収穫時を迎えた弘前《ひろさき》のリンゴ園を訪れて少々戸惑った。たわわに実るリンゴ畑だけが、一面の青葉だったからだ。もっとも、地元では当たり前の景色に違いなく、収穫を終えた後、リンゴ畑が冬支度するころから落葉するという。それにしても、リンゴ園の青葉と、紅葉色に染まった岩木山麓《いわきさんろく》とのコントラストが珍しく思えた。

「僕らは、南のミカンやザボンの柑橘《かんきつ》畑にあこがれますよ」。薄黄緑の王林《おうりん》を選《よ》り分けながら、リンゴ園主の二代目が言う。傍らには、すっぽりと防寒の手ぬぐいを被《かぶ》った奥方の笑顔があった。リンゴ園の主《あるじ》と同様、片時も手を休めることはない。まさに、収穫も佳境だった。

早々にリンゴ園を引き揚げようと歩いていると、どこからか悲痛な子猫の鳴き声が響く。すると、農道脇の草むらから黒と灰色の縞猫《しまねこ》が円《まる》い顔をのぞかせる。恐る恐るも人に助けを乞う様子が、また、あどけなくて憐《あわ》れ。身を切られる思いでその場を立ち去ったものの、今夜にでも凍え死ぬかもしれない子猫の元へおろおろと引っ返す始末。あと数十メートルのところまで戻った時、子猫の鳴く草むらをのぞき込む中年女性の姿に気付いた。そして、それ以上近づかないまま、その場にそっとさよならを告げて再び駐車場の方へ向かった。

午後、弘前城の近く、学生たちの歓談する喫茶店で熱いコーヒーに体を温めていた。「今朝のもぎたてよ」と、艶《つや》やかな紅色《くれないいろ》の「ふじ」の詰まったレジ袋が、僕のテーブルに乗せられた。どうやら店を経営するママさんのプレゼントのようだ。「今夜は、どこへ飲みに行くの？」と、付け足された。弘前の飲み屋はレトロな趣《おもむき》で、じっくりと腰を据えて飲める。意外にも女性客が多く、はつらつとした点は、酒どころという共通点もさることながら、新潟と似ている。ほんの数年前にも東北めぐりの旅をしたけれど、封建社会の名残《なごり》だろうかと考えたくなるほど女性客は稀《まれ》だった。無論、女子会の盛んな新潟は、以前から別格。そう言えば、弘前出身の飲み仲間の一人は、〝弘前の女性は強いから〟が口癖だった。

ママさんのお土産《みやげ》を手に、嬉《うれ》しさと恥ずかしさの入り交じった心地で、表通りへ出た。いつの間にか岩木山の上空から垂れ込めてきた黒く分厚い雲が天の半分を覆い、残りの半分は雲間から日差しが降りている。霧雨の注ぐ黒雲を見上げると、ついぞ見かけることのなかった巨大虹《にじ》の半円が架《か》かっていた。

虹は、駅前ホテルに戻ってからも衰えておらず、一階のワイドな客室窓からしばらく見とれていた。くっきりと鮮明に輝く冬虹の一方は、子猫のいたリンゴ畑がある山麓付近から立ち上っている。

「きっと、良い知らせだ」。僕はそう独りごちて、明日の旅支度を整えた。

（二〇一二・一一・一〇）

水を得た魚

七〇種ほどの泳いでいる状態の魚の挿絵イラストを、出版社に納品した。挿絵は知人の著書へ添えたもので、〝ウツボはわらう〟というおかしな表題が予定されており、それに興味をそそられて引き受けた仕事だった。

おまけに、誰かから「清酒と合うおススメの料理は何？」と尋ねられれば、〝ウツボのしゃぶしゃぶ〟と即答するほど気に入っている。平皿へ白牡丹《はくぼたん》の花びらみたいに盛り付けて供されれば、元のウツボの姿とはほど遠い。厚めにスライスされた白身を、箸《はし》にとって一〇秒ほど熱湯へくぐらせる。フグのしゃぶしゃぶと似た食感が得られ、柚子《ゆず》ポン酢との相性も申し分ない。

さらに、ウツボの厚みある皮の味わいは、鍋で食するスッポンの皮と同じくコラーゲンたっぷりの旨味と弾力のある歯ごたえが心地いい。

以前、土佐の久礼《くれ》漁港で、大型ウツボのうごめく船倉を初めて見た時は、その恐ろしげな様子に食材のイメージなど浮かばなかった。数えたわけじゃあないけれど、三〇〜四〇匹くらいのウツボが太くて長い胴体をくねらせていただろうと思う。

「う〜ん、このあたりじゃあ減ったぞな」。そうつぶやくウツボ漁師は、瀬戸内の海から戻ったばかりだった。日焼けして骨ばった体つきをしており、初老ながら精悍《せいかん》でいかにもベテラン漁師らしい風貌だ。どこか、ヤマタノオロチを退治するスサノオノミコトを彷彿とさせた。

ウツボを食す習慣は、沖縄から南九州、高知、和歌山と黒潮文化圏と呼ぶ太平洋に面した地方で見られる。高知ではカツオと同じくタタキ・ポン酢か、から揚げが主な食し方だ。しかし、ウツボのしゃぶしゃぶ料理ともなれば難しい調理技術を要し、それゆえ高級料亭で供されるケースが多い。

一方、四国の山村で育った僕の少年期の原風景には、川魚がある。白い腹に薄い黄緑色を帯びた天然ウナギや、胴回りが太く黒ずんだ中型ウナギもいた。なかには鉄製のヤスを捻《ね》じ曲げるほど力の強いウナギがいて、いくぶんウツボと似ていなくもない。

食用となるアユはもとより、もっとも珍重されていたのが渓流魚でヤマメの一種だった。銀色の脇腹にピンクのパーマーク（斑点）を持ち〝天魚〟と表記して、アマゴ、あるいはアメノイオと呼んでいた。天（アメ）から降りてきた魚（イオ）という意味で捉えていたのだろう。釣りの技術も道具も未熟な少年時代。山深い源流域に潜むアメノイオの姿は、僕の心へも天女の化身を想像させた。

酒の肴《さかな》はもっぱら海鮮料理となった今。そんな少年期の体験のせいか、食する海の幸へ物語を添えていただく癖がある。日本海で獲《と》れる丸々と太った黒マグロにはポセイドンの二の腕をイメージし、ホタテの刺身にはビーナスのほのかな残り香《が》を聞く。

僕たち人間も、他の生き物の命をいただかねば生きられない。人が海の漁場を育てて漁をする時代。美食を追求することと被食される側の命を敬うことが、同時に兼ね備わってこその食卓でありたい。

（二〇一二・一一・二四）

ディオニュソスの一夜

郷里にほど近い高知県の酒蔵で、酒好きのメンバーを伴う見学ツアーの最中だった。皆は、蔵の軒先に吊《つ》り下がった青々と真新しい大きな杉玉を見上げていた。

「酒林《さかばやし》とも呼ばれ、新酒のできたことを知らせる看板みたいなものです」と、知人の蔵元の案内が始まった。清酒造りの神様が宿るとされる杉玉は、毎年、仕込み時期に合わせて新調するらしい。束ねた藁の芯に大量の杉の葉を刺して固め、丸く剪定する。この蔵では、蔵《くら》人《びと》自ら制作するという。杉玉は、日本最古の酒造り人である「酒の司《くしかみ》」を祀るとされる奈良県桜井《さくらい》市の大神《おおみわ》神社に由来。その境内の大杉は御神木となっている。だが、酒好きの我が国に、なぜか具体的な酒神のモデルは浮かばない。

かつて、あるバーのオーナーからの注文で、ギリシャ神話の酒神〝バッカス〟がモチーフの絵を描いた。日本神話をテーマとしたイラストの仕事が多かった僕は、タッチも日本画的な線描とパステルカラー風の彩色をほどこす手法だった。

ただ、バッカスに対しては、せいぜいディオニュソスの別名を持つ悪魔的陶酔タイプの神という知識しかなかった。むしろ、酒神を陽気な存在と考える日本的発想からすれば、同じギリシャ神話に登場する美しい太陽神アポロンの方が近いと感じていた。そのアポロンと、酒乱で高天原《たかまがはら》から追放されたスサノオのイメージを重ねて描いた気がする。

あれこれと回想しているうちに、酒の試飲ができる別棟の蔵へと至った。七〜八銘柄の試飲を終えた一行。ほろ酔い気分も手伝って、予定された土佐流酒宴への期待が高まる。で、着いたところが鏡川《かがみがわ》沿いに豪奢《ごうしゃ》な構えの老舗料亭。敷居の高そうな玄関口を神妙な面持ちでくぐった。さらに建物内の太鼓橋を渡って、ガラス張りの座敷へ。そこは鶴の透かし彫りも見事な欄間《らんま》に、テーブルと椅子が大広間を占める。まるで幕末に流行った和洋折衷の武家屋敷の客間さながらだ。

白ワインを手に、乾杯の音頭は北海道から参加した三人組主婦の一人がそつなく決め、女将の気さくな挨拶で、宴《うたげ》もすぐさまテンションが高まっていく。皿鉢《さわち》料理と地酒に酔えば、新旧の仲居も交えてお座敷遊びが各テーブルで始まる。〝べろべろの神様〟の囃子唄に乗って小さなコマを指で回し、倒れたコマの先の客が一気飲みする。盃は可杯《べくはい》と名付けられた天狗の面や穴の開いたおかめ型、置くことのできない逆円錐形のものまである。伏せた盃を順番に表返して、菊の花が当たれば空いた盃の数だけ飲み干す。これも囃子音頭があり〝菊のはな〜、菊のはな〜〟とやる。

広島から来た長身の女性は、アップテンポのアメノウズメ風ダンスで宴を席巻《せっけん》する。歓声と拍手、三味線も打ち鳴らされて爆笑のカオスが演出される。出身地も違えば、職業もさまざま。女性パワーに圧倒されつつも、宴は高揚するばかり。布袋《ほてい》、恵比須《えびす》に弁天さま、どの笑顔からも土佐流の奔放さがこぼれる。

あれれっ、これぞまことの八百万《やおよろず》の酒神たちの姿じゃああるまいか。

（二〇一二・一二・八）

古事記伝説の地へ

二〇一二年は、『古事記』の完成から一三〇〇年目ということも手伝って、神代神話とゆかりの地を巡るチャンスに恵まれた。古代史への関心は、邪馬台国《やまたいこく》の所在地をめぐる論争が華やかなりし三〇年近く前からのことだった。また、神代神話の背景は、弥生《やよい》時代から古墳時代にかけた近畿地方以西の豪族たちの勢力図だろうとの解釈がなされていた。

邪馬台国の女王・卑弥呼《ひみこ》の存在は相変わらず話題の中心だったが、どうやらそのモデルは奈良県桜井市の箸墓《はしはか》古墳の主との説に落ち着きつつある。

「最近の発掘調査から見ても、間違いおまへんで……」とは、天理《てんり》市から桜井市の大神《おおみわ》神社へ抜ける山の辺《やまべ》古道を案内していただいた古代史通《つう》の知人の談。山の辺古道沿いにある日本最古とされる前方後円墳、箸墓古墳を眺めながらのことだった。

バランスの良い前方後円の形状と、こんもりとした手つかずの森が印象深い。この古墳の造られた三世紀半ばは、人の歴史の世紀といえども、「魏志倭人伝《ぎしわじんでん》」を除いて文字による歴史書が存在しない。だから物語性の強い『古事記』の神代から箸墓古墳前後の時代を読み解こうとするのだろう。邪馬台国が大和朝廷の礎《いしずえ》なら、各地の豪族（神々）たちに権勢をふるった高天原そのものだろうし、天照大神《あまてらすおおみかみ》のモデルが卑弥呼だったとしても不思議はない。

ところが、イザナギとイザナミによる国生み神話の舞台となった淡路島《あわじしま》や、スサノオ伝説と出雲《いずも》神話の伝わる山陽、山陰地方では、これらの神話が昨日の出来事のように語られている。淡路島の東南に浮かぶ小さな沼島《ぬしま》は、混沌の海をコオロコオロとかき回して最初にできたオノコロ島のことだ。島民の間では、神隠し伝説がまことしやかに語られていて、島の山地へ立ち入ることをタブー視しているという。

アマテラスの隠れた天岩戸《あまのいわと》だって、宮崎県の高千穂《たかちほ》ばかりじゃあなく、岡山県の蒜山《ひるぜん》にもあれば、大蛇《おろち》なんて地名がそのまま使われていたりする。島根県の松江の老舗酒蔵では、スサノオがオロチ退治に使った「八塩折之酒《やしおおりのさけ》」の再現酒を飲ませてもらった。伝説が、平然と現代社会に息づいている。

ところで、イザナギとイザナミの話は、ギリシャ神話のオルフェウスとエウリディーケの物語とよく似た部分がある。男神が、先立たれた女神を黄泉《よみ》の国へ迎えに行って失敗するくだりだ。おそらくアレキサンダー大王の伝播《でんぱ》させたギリシャ文化が、シルクロードを経て奈良の飛鳥《あすか》へ伝わっていたと見るのが妥当だろう。

このギリシャ悲劇も近代に至っては、低俗な喜劇へとパロディー化された。一八五八（安政五）年、パリにて上演されたオペレッタ「地獄のオルフェウス」で、作曲はオッフェンバックが手がけている。猥雑《わいざつ》な内容が逆に受けたらしい。見せ場は、地獄の妖精たちがラインダンスを踊るシーン。テーマ曲は邦題「天国と地獄」で、かつてカステラ作りが有名な会社のテレビCMにも使われた。〝へカステラ一番、電話は二番、三時のおやつは○○堂〟とくれば、懐かしがる御仁も少なくないはず。

　いま、神話が時を越え、地球を巡って他国で花開く。なんとも想像力をたくましくしてくれるじゃあないか。

（二〇一二・一二・二二）

はかなくも命

僕も御多分に洩れず温泉好きの一人だ。温泉源のない都市部でも巨大設備を誇るスーパー銭湯や、温泉風の浴場が備わったホテルの人気は非常に高い。軽い山歩きを楽しんだ後、東京近郊のとあるスーパー銭湯へ立ち寄った。三ケ日《さんがにち》明けの土曜日ということもあって、館内はかなりの賑《にぎ》わい。ただ、入浴場での高齢者による失神事故が少なくないという。

そんな注意書きを目にした直後、脱衣場へ入ると、湯あたりとおぼしき白髪の男性が横向きで倒れている。周辺の客たちの介抱を受け、いったん回復したかのようだった。だが、登山着の脱衣に手間取っていた一〇分弱の間、事態は急変していた。タオル一枚の僕が垣間見たのは、開き切った瞳孔《どうこう》と蠟《ろう》人形と化したかの人の姿だった。救急センターらしき相手と連絡を取るフロア係の声が聞こえ、いくぶんかの安堵感も漂う。

僕は入浴客の流れに合わせて、そのまま浴場へ入った。子供の歓声が響き、スーパー銭湯の時間はいつもどおりゆったりと過ぎていった。併設された露天風呂で寝転がって天を凝視すれば、星々の輝きに気付く。

「この煌めき、いつまでも眺められるわけじゃあないよなあ……」。そうつぶやいた。そう言えば、山陰の温泉ホテルでの宿泊中の深夜、深刻な食物アレルギーの発作に見舞われたのは数週間前のこと。アクション映画なみの迅速さで駆けつけてもらった救急隊によって救われた。付き添ってもらった知人の話によれば、症状が激しく、「一命を取り留めた」と言っても過言ではないらしい。

生き物は、数ミリ、数秒の差が生死を分かつ現実と直面している。まして予測しきれなかった未知の危機は、突如としてやってくる。だからといって、四六時中身構えるなんて習性は、誰しも持ち合わせていないだろう。〝いわんや無防備極まりない酒飲みをや〟だ。幸いなことに、僕は山歩きや自然との対話をこの上ない喜びとしている。介護されないで済む体力づくりと、野性的感性を失わずにいられそうな気がする。

山歩きの後は、このスーパー銭湯で過ごすのが常。湯船で下半身のストレッチを終え、帰路についた。だが、タクシーを降り、不用意に辿った近道が良くなかった。人通りの途絶えた駐車場ビルの脇へさしかかると、不愉快な光景が目に飛び込んできた。

遠巻きに囃し立てる三～四人の若者の先で、長身の男が小柄な少年に膝蹴《ひざげ》りの連打と肘打《ひじう》ちをくらわしている。仲間内のプロレスごっこというより、エキセントリックなイジメに近い。打たれっぱなしの少年は、くの字に倒れ込み、無意識をよそおうことで耐えている様子だった。僕は大荷物を背負ったまま、彼らの悪戯《いたずら》の中へ分け入り、無言のまま素通りした。おそらく通報されるのを恐れてのことか、悪騒ぎは終息した。

もし、人の成長過程で豊かな自然から学ぶ機会を失えば、命のはかなさも、憐憫《れんびん》の情も培われないように思える。実は、イジメの巣食う社会の死角も、命の溢《あふ》れる自然環境との隔絶が要因ではないだろうか。

（二〇一三・一・一三）

III

酒飲み詩人の系譜

雪見酒なら……

四季の移ろいの中で、冬景色に接する時が最も強い印象を受ける。とりわけ豪雪地帯の光景は、山里から街の信号機に至るまですっぽりと積もる雪が覆い尽くす。屋外へ一歩出れば、僕らはまるっきり純白の世界の住人となるほかない。

ある朝目覚めると、見慣れたはずの町並みが白銀の世界に変貌しており、戸惑いながらも感動してしまう。まるで前日までの煩雑《はんざつ》な日常の一切が、埋もれてしまったかの安堵感《あんどかん》さえ覚える。

「雪下ろしは、大変だけどね」。このセリフは、中越地方に限らず雪深い土地へ足を踏み入れれば必ず聞かされる。だが、そう語るどの表情にもふさぎ込んだ印象はない。むしろ瞳《ひとみ》の片隅にキラリと光る前向きな決意を湛《たた》えているかのようだった。きっと雪国の厳しい生活環境が、人の忍耐強さと懐の深さを育《はぐく》むのだろう。

僕は郷里が高知県ということもあって、雪など無縁の南国育ちだと思われている。ところが、子供のころの冬の楽しみは、かまくらを造って遊ぶことだった。四国の山間部でも三〇

～四〇センチくらいの積雪なら珍しくはない。四国カルストの観光地としても知られる高知県と愛媛県の県境に位置する天狗《てんぐ》高原では、昭和三十年代後半、四メートルという積雪記録が残っている。

そして、雪の風景は現実を超えて、数々の童話や民話の中によみがえる。まずは「雪女」ということだろうか。小泉八雲《こいずみやくも》の怪奇小説『怪談』の中に収められていることで知られているが、元の話は室町時代の伝承の一つらしい。連歌師《れんがし》の宗祇《そうぎ》が越後《えちご》の国で遭遇する説話に端を発する。

物語としては小千谷《おぢや》地方に住む男の元へ、美しい女性が訪ねてくるところから始まる。この雪女説話は、各地へ伝播《でんぱ》してさまざまなバリエーションを誕生させていく。どこか「鶴の恩返し」民譚《みんたん》とも似ており、人と人以外の存在との〝結び合い〟が物語の背景にあるようだ。例として、柳田国男《やなぎたくにお》の『遠野物語《とおのものがたり》』によって紹介された「おしら様」のような馬を愛した娘の話もある。

いずれにしても「雪女」伝説は、この世のモノならぬ美貌の女性が主役。白装束《しろしょうぞく》に雪の肌のイメージを基調とする。秋田出身の居酒屋の女将《おかみ》に、説話めく話を聞いた。女将は幼少のころ吹雪《ふぶき》の中で遭難した経験があるという。ホワイトアウトの中、疲労困憊《こんぱい》して道端の風よけにうずくまっていたところを、何者かが自宅近くまで導いてくれた。朦朧《もうろう》とした意識のなか、命を救ってくれたのは女性的な存在だったことだけが印象にある。女将は、民家とてない猛吹雪の雪山へ引っ返していった恩人こそ、雪女だったと力説する。

女将の話は、元舞台女優だけに説得力があった。顔にたっぷりと塗ったファンデーションの下の地肌は、謎のままだ。

ま、雪女伝承の発祥は、今のところ新潟女性というのが有力。白色に対する人の印象は、無地のキャンバスが放つ不安感と、無垢《むく》なる世界への畏敬《いけい》だと思う。

それにしても、「冬の夜に　白きをんなの　酌をうけ」なんてことになったら、いかがしましょう……。


（二〇一三・一・二六）

淡雪の夢

雪行燈《ゆきあんどん》の灯に導かれて小料理屋の暖簾《のれん》をくぐる。一瞬、ポーッと曇った眼鏡《めがね》を拭《ふ》いてから低めの椅子に腰かけ、燗酒《かんざけ》でひとごこちつく。のっぺい汁の湯気の向こうには、二代目女将の横顔がのぞく。なんだか小説の一場面みたいだが、雪深い越後の風情として旅人の心をほぐしてくれる。

そして、越後湯沢《ゆざわ》駅を新幹線で通過する時、決まって川端康成《かわばたやすなり》の『雪国』の冒頭「国境の長いトンネルを抜けると雪国であった。夜の底が白くなった」が、それこそ白いプレートへ記された駅名みたいによみがえってくる。きっと、ひと昔前の越後路への一歩は、温泉、藁《わら》沓《ぐつ》、駒子《こまこ》なんて先入観を抱いたことだろう。

もう一つ、雪景色に浮かぶ詩がある。「太郎を眠らせ、太郎の屋根に雪ふりつむ 次郎を眠らせ、次郎の屋根に雪ふりつむ」。誰もが知る三好達治《みよしたつじ》の二行詩「雪」だ。ただ、この不思議な短詩からは、雪国の温《ぬく》もりのある灯を思い浮かべることができない。むしろ、棺《ひつぎ》に降り積む雪といった死のイメージが漂う。そのためか、三好達治がこの詩を詠んだ時代背景の病理的側面へ言及されることも多い。

僕がこの詩と結びつく雪景色とは、残雪期の新潟と山形の県境に位置する朝日《あさひ》連峰で強いられたビバーク体験だった。

「雪崩《なだれ》のコースを避けられれば、稜線《りょうせん》へ出られるルートはあるよ」。地元の旅館で教わった話を頼りに、やっとのことで稜線へ辿《たど》りついた。横目に見る月山《がっさん》は雄々しい銀嶺《ぎんれい》を輝かせていたけれど、もう日没時刻までの余裕はない。

目指す山小屋を諦めて、そのままビバークするほかなかった。簡易スコップで雪面に掘った長方形の穴へ、テントを沈み込ませて張る。強風への備えと保温のためだ。時折、落雷のような雪崩の轟《とどろ》きが切れ込んだ渓谷から駆け上がってくる。用を足して戻り、張ったテントを眺めれば、墓穴の棺に似ていなくもない。

コンロで沸かした紅茶に、ウイスキーを垂らして飲む。内臓も魂も温もってくる。もう、雪崩の轟きは聞こえてこない。身体を半分、テントの外へ出して暮れかけた稜線に目を凝らした。大型のキツネが一匹、僕の存在に気付かないまま軽やかな足取りで稜線を横断していく。風に舞う粉雪が、手袋をはめた手の先のコッフェルへ落ちて消える。いっさいは淡雪のごとくに過ぎるという。自分もまた、淡雪の見る夢にすぎないのだろうか。

疲労困憊ながら、外気温がマイナス一〇度を下回れば熟睡には至れない。

「ブナの樹《き》の根元は温かいから」。秋田県の阿仁《あに》マタギだった老人の言葉を思い出した。だから、ブナの根元回りの雪は解けて穴が空いている。かつて、この地方でも、山慣れした者はブナの樹の根回りをビバークに利用したという。ブナの天然林が豊富な朝日連峰ならではのエピソードに違いない。

いっそのことブナの大樹にあやかってテント場を造ればよかった、などと無為に考えたりしながら、すっぽりとシュラフ（寝袋）へ潜り込む。

サッ、サッ、……サッ、雪の降り積む。

（二〇一三・二・九）

月はおぼろに千鳥足

「江戸時代なら断然、其角《きかく》が酒飲み俳人の第一人者だろうね」。句会後の飲み会で持ち上がった話題だ。芭蕉《ばしょう》の高弟として知られる宝井《たからい》其角は、無類の酒好きだったらしい。「酒を妻妻を妾《めかけ》の花見かな」。酒がメインで妻は添え物みたいな花見だ、との意味だろうか。其角の酒豪ぶりをうかがわせる句には違いない。

そんな弟子の破天荒なまでの飲みっぷりを諫《いさ》めた芭蕉にも酒の句がある。「酒のめばいとど寝られぬ夜の雪」。しんしんと降る雪夜の静寂さに、ますます冴《さ》えていく独り酒の心境を詠んでいる。

後に、芭蕉を敬愛した与謝蕪村《よさぶそん》にも酒の秀句がある。「酒十駄《じゅうだ》ゆりもて行《ゆく》や夏こだち」。当時は、馬が酒の入った四斗樽《しとだる》を左右に付けて運んだという。その四斗樽が二個の積荷を一駄と数える。樽酒を運ぶ馬の列と、新緑の夏木立。なんとものどかな光景が目に浮かぶ。ま、句の良し悪《あ》しを別にすれば、其角の酒俳句が最も多く残っている。おかしみや洒落《しゃれ》っ気を好む江戸っ子には、人気があったようだ。

もちろん、酒や酔っぱらいのことを詠む詩人たちの存在は、現代に至るまで絶えることがない。先日、酒にからむ仕事で俵万智《たわらまち》さんと会う機会を得た。で、打ち上げはハシゴ酒へと流れ込んだ。二人の会話は、時を待たずして飲んべえだった歌人・若山牧水《わかやまぼくすい》へと及んだ。「白玉の歯にしみとほる秋の夜の酒は静かに飲むべかりけり」の一首は、牧水の名とともにかつて国民的レベルで親しまれていた。

ただ、四十三歳にしてアルコール性肝硬変で逝《い》ったことに鑑《かんが》みれば、いくぶん複雑な思いがする。牧水は、一日に一升酒を常としたらしい。かくいう僕も、毎日飲む習慣はないものの、時に二升飲むことだってある。

「わたし牧水、好きですよ。牧水賞もいただいたわよ」。おっと、万智さんが売れっ子歌人なのをすっかり忘れていた。〝「嫁さんになれよ」だなんてカンチューハイ二本で言ってしまっていいの〟。万智さんを有名たらしめた一首だが、酒二升飲む相手ならいかに詠むのだろうか。

「こちらのお嬢さん、俵万智さんに似てらっしゃるわね～」。カウンターに隣り合わせた顔見知りの熟年女流詩人が声をかけてきた。万智さんは「よく言われます」と受け流したものの、おおかたの客が当人たることは承知していた。

東京の神保町《じんぼうちょう》にあるこの馴染《なじ》みの酒場は、初代店主が中国の小説家・魯迅《ろじん》とも交流のあった人物。戦前の上海《シャンハイ》あたりで大陸浪人時代を過ごしている。店には編集者などの出入りも多く、小説家・林芙美子《はやしふみこ》の自筆の書が飾ってある。二〇人弱の人数でいっぱいの店内は、改装を禁じた初代の教えが守られて味わい深いセピア色に染まっている。

「さて、次は俳人の店主がいる立ち飲み屋へ案内しましょう」と、万智さんを誘って裏路地へ出た。見上げたビルの狭間《はざま》には、少し欠けた月影が浮かぶ。しかし、その後の記憶も足取りも危うかった。

そして「汝《な》も酔はば　おぼろ月夜の　タイタニク」と、あいなる。

（二〇一三・二・二三）

酒飲み詩人の系譜

「お体を大切にしてくださいね」。行きずりの方からでさえ、こんな言葉をかけられることが多々ある。この場合、日常的な挨拶《あいさつ》ではなく、飲み過ぎて肝臓を壊さないように、とのありがたい心遣いだ。

「こんな川柳がM新聞の投句欄に載ってましたよ」と、俳句仲間から手渡された紙面に思わず噴き出してしまった。〝知らぬ地で俺も今宵《こよい》は吉田類〟。熊本県在住の男性の作だった。単に、旅先で飲み歩くぞ、という意味が、固有名詞だけで通じているじゃあないか。もっとも、マニアックなファンの間でしか通用しないことだが、歴代の酒飲み詩人たちに近づきつつあるのかと、大いなる錯覚をする。けれども、そこは酒の縁《えにし》、あるいは酔いの効用とでもいうほかないが、誰だって唐代の詩人・李白《りはく》や芭蕉の弟子・宝井其角を気取って飲もうと、はばかられる理由とてない。

確かに、若山牧水や大町桂月《おおまちけいげつ》などの短命と、大量の飲酒が無縁とは言いがたい。マルチアーティストとして評判だった中島《なかじま》らもさんも、平成十六（二〇〇四）年、飲食店の階段からの転落が原因で亡くなった。かなり酔っていたと伝わる。また、今や伝説的なフォークシンガーとなった高田渡《たかだわたる》さんと、東京の吉祥寺《きちじょうじ》界隈《かいわい》の酒場で何度かお会いしたものの、必ず心地よさそうな酔いの境地をさまよっておられた。ギターを抱えたまま舞台で酔い寝することもあった吟遊詩人の死に、深酒をあげつらう向きが多いのはしかたがない。

さて、古代の酒の賛歌の第一人者に、大伴旅人《おおとものたびと》がいた。万葉集の編集に携わったとされる大伴家持《やかもち》の父だ。酒好きを自称する物知りの多くは、おおむねこの万葉歌人の引用が好きらしい。「中中《なかなか》に人とあらずば酒壺《さけつぼ》に成りてしかも酒に染みなむ」。現代風に解釈すれば、なまじっか社会人として生き倦《あぐ》むくらいなら酒壺となって云々《うんぬん》……、となる。また、この世に飲む楽しみがあるかぎり、来世が虫や鳥に生まれ変わってもかまわない、とおおらかな人生観を詠んでいる。こんな大伴旅人の歌も、李白をはじめ、陶淵明《とうえんめい》の酒賛歌による影響が大きい。

さらに、五言絶句《ごごんぜっく》「勧酒（酒を勧む）」で有名な唐代の詩人、于武陵《うぶりょう》を忘れるわけにはいかん。小説家・井伏鱒二《いぶせますじ》の訳は、〝コノサカヅキヲ……〟から始まり、〝ハナニアラシノタトヘモアルゾ「サヨナラ」ダケガ人生ダ〟で結ばれている。なかでも転・結のフレーズは、新《しん》橋《ばし》あたりの大衆酒場でほろ酔う中高年の男性から、合い言葉みたいに聞かされたものだ。

ちなみに、太宰《だざい》治《おさむ》の師匠筋に当たる井伏鱒二は、九十歳を過ぎても、JR中央線・荻窪《おぎくぼ》駅から新宿《しんじゅく》駅周辺の酒場を飲み歩いていた。そして、朝まで飲み続けても決して乱れることのない、紳士然とした酒豪のエピソードを残している。

ま、刹那《せつな》的、享楽的、はたまた破滅型と、酒飲み詩人のタイプはさまざまなれど、厭世観《えんせいかん》を抱くようになった境遇と、その後の流浪だけは一致する。

ところで僕は、于武陵の言う「人生 別離足《た》る（さよならだけが人生）」の意味を忘れて、今宵も飲むんだろうなあ……。

（二〇一三・三・九）

日本海のエキゾチックな風

ソビエト連邦の崩壊しかかっていた一九九〇年代初頭、僕は渓流釣りにはまっており、日本海側へも車で旅することがあった。そんな折、深夜のカーラジオへ飛び込んでくるのは、日本向けのモスクワ放送だった。まだソ連は、米ソ冷戦時代の名残《なごり》〝鉄のカーテン〟と呼ばれた情報断絶の壁に囲われていた時代。ラジオの短波放送に乗った擦《かす》れた日本語は流暢《りゅうちょう》で、それがかえって不気味ささえ感じさせた。

そのころ、僕の渓流釣りのターゲットは、佐渡島《さどがしま》のイワナにまで及ぼうとしていた。海産物の豊富な佐渡では渓流魚への興味も薄く、イワナの群れ棲《す》む手つかずの谷が残されているはずだったからだ。僕にとって佐渡島は、シベリアからの寒風が吹き渡る日本海と同じくミステリアスな存在だった。けれども、佐渡行きの夢は果たされないまま二十数年が経《た》ち、いつしか渓流釣りもやめていた。ただ、当時から酒飲み仲間に一目置かれていた佐渡酒との縁はいまだに続いている。先日、そんな酒縁《しゅえん》の力を借りて佐渡汽船のフェリーに乗船する運びとなった。

折しも開催されていた国内最大規模の飲酒イベント「にいがた酒の陣」での酔いがさめやらぬなか、荒海を滑る豪華フェリーの乗り心地はまるで揺り籠《かご》。「荒海や佐渡によこたふ天の川」と、佐渡への思いを詠んだ芭蕉翁《おう》の旅姿が、うたた寝のおぼろに浮かぶ。下船した佐渡は、すでに漆黒《しっこく》の闇《やみ》の中だった。佐渡への一歩は、ホテルの朝食を終えてからとなる。といっても、佐渡の地を踏むのは今回が初めて。新潟の民放テレビ取材の出演がなければ実現できなかった。

対馬《つしま》海峡を北上する暖流によって、佐渡島に温暖な気候と豊かな植生が育まれた。その森がイワナの棲む清流を生み、そのまま農水産物の豊富さにつながっている。かつて話題となった佐渡独立国の構想も、そんな恵まれた風土に裏打ちされてのことだろう。

一方、地元の人々が「長安《ちょうあん》さん」の愛称で呼ぶ大久保《おおくぼ》長安も興味深い佐渡の歴史にのぼる人物。佐渡金山を拓《ひら》いた猿楽師という経歴も特異だが、死後は徳川幕府から存在まで消されてしまう。今でも島内に三〇ヵ所ほど残る能舞台は、もちろん大久保長安の業績といえる。

その一つ、大膳《だいぜん》神社の境内《けいだい》にある能舞台へ立ち寄った。木々の梢《こずえ》に小鳥が囀《さえず》り、周辺からは作付け準備の農作業の音も聞こえてくる。うららかな日差しにつれ、能舞台から稽古《けいこ》をする演者の声が流れてきた。

「そう、囀りと農作業の音、奉納〝能〟の賑《にぎ》わい、この三つが佐渡の春を告げます」。住職が穏やかな口調で語った。郷里の土佐《とさ》も、佐渡と同じ遠流《おんる》の土地柄であった。平安貴族をはじめ、やんごとなき人々が流されてきた点も共通する。だから、文化的な類似も多いだろうと思う。さらに、ある寺の墓石の来歴に佐渡生まれの北一輝《きたいっき》や、高知出身の幸徳秋水《こうとくしゅうすい》ら、近代の思想家の名が記されてあった。

「また来よう」。僕は帰路のフェリーでスケジュール表をめくりながらつぶやいた。ま、理由はイワナ釣りを再開するから、とでもしておこうか……。

（二〇一三・三・二三）

ある地層の怪奇な歌声

啓蟄《けいちつ》をとっくに過ぎた三月末のうららかな日。高知龍馬空港から市内のラジオ局へ向かう道すがら、沿道の水田には植え付けたばかりの早苗《さなえ》が春光を浴びていた。前日まで滞在していた吹雪の札幌を思えば、日本列島の多彩な表情に感心する。

「いよいよ明日は、山での収録ですね」。Nディレクターの声が、遠足前の小学生みたいに弾んで聞こえる。目指すは標高一〇〇〇メートル足らずの雪光山《せっこうざん》（別称・国見山《くにみやま》）という里山の一つで、登山初心者のママさんアナウンサーの体力を考慮してのコース選びらしい。

そして当日の朝、四国山地から土佐湾へと注ぐ鏡川《かがみがわ》沿いの県道を北上した。遡《さかのぼ》るにつれ、鏡川は文字どおり鏡のごとく透明になってくる。高知県の年間降雨量は日本一を争うほどで、その豊かな水量のために清流が保たれている。案内役の友人を含め、登山メンバー四名が乗り合わせたワンボックスカーは、沢音の響く上流部の山村へ着いた。身支度も整い、登山道の細い急坂道を登り始めてほどなく、もんぺ姿で小柄な老女が山からひょこひょこと下りてきた。背中の背負子《しょいこ》には、ゼンマイ、ワラビ、イタドリの束がびっしりと詰まっている。「おばあちゃん、蛇はいませんよねー」。挨拶がてらに尋ねると、「そりゃあ、蛇はおりますけねえ」。老女は皺《しわ》をほころばせて即答した。やはり足元を守るスパッツは要る。すると「いやいや、まだ早春ですから、めったに出会えませんよ」と、友人の案内人。賑やかに歩き始めて一〇分と経たないうち、蛇の苦手な僕が「ウォーッ」と叫んだ。優に二メートルを超す、ながもの（蛇）。登山道横の杉林をぬるーっと這《は》っているじゃあないか。皆は、地味な灰色をした蛇の長さに唖然《あぜん》とした。

「太い蛇は毒がないから平気じゃきに」。老女の話を思い出した。しかし、この後、山腹の五合目あたりの谷間で、一行はイノシシの群れが鼻を鳴らすような騒がしい音に、恐怖して立ちすくんだ。巨体を想像させる声もあれば、ウリ坊みたいな声も聞こえてくる。だが、イノシシのテリトリーらしきエリアに目を凝らそうとも、その姿はない。倒木だらけの鬱蒼《うっそう》とした植林杉の光景が不気味さを募らせるばかりだ。

あらためて山の斜面を凝視してみれば、大小の穴から地下水が噴き出しており、その奇妙な音も地底から洩《も》れ響いてくる。日本最古の地層を有する四国山地。大雨の後に、〃山が鳴る〃という半ば伝承めいた話を聞いたことがある。その理由は、地底の鍾乳洞《しょうにゅうどう》を流れ落ちる滝の轟音《ごうおん》だろうとされている。眼前で奇妙な音を発し続ける谷間との遭遇も〝山が鳴る〟現象の一種だろうと納得するより手立てがなかった。このオカルトめいた山のつぶやきは、いったい……。

と、ここまでで、このコラムのストーリーを終えるはずだった。けれども数日後、謎はあっけなく解けた。東京へ戻った僕は、酒気払いを兼ねて登った高尾山《たかおさん》からの下山の途中、谷沿いコースの登山道脇《わき》の湿った岩場の前で足を止めた。ふと耳を澄ませば、例の奇怪な音が聞こえてくる。思い切って岩の一つをひっくり返した。すると、小さな白い眼玉を寄せ集めたようなカエルの卵を発見。

さっそくネットで高尾山の両生類を検索すれば、正体は〝タゴガエル〟と判明した。タゴは研究者の姓・田子にちなむ。ただ、岩場に棲息《せいそく》するこの時季のタゴガエルを見つけるのは、ほぼ不可能らしい。泥や岩の奥まで崩して探せば、たちまち数センチに宿る命が失われてしまうからだ。

それにしても、タゴガエルの歌声が大規模に共鳴する谷間。きっと、ほかにあるやもしれん。

（二〇一三・四・一三）

源流へ戻った魚

かつて、岐阜県の飛騨《ひだ》方面へ入るのに、富山空港を経由することはなかった。晴れていれば北アルプスの峰々を眼下に望んで、さぞ心ときめかせたことだろう。あいにく、日本海からの寒の戻りで上空は分厚い雲に覆われていた。やがて、旅客機は雲の中を旋回しながら降下し始めた。すると、いきなり雲はパーッと切れて富山湾の海面が迫ってくる。前方に河口付近が見えてきた。機はそのまま低空飛行で神通川《じんづうがわ》を遡り、河川敷脇の滑走路へドンと降りたった。

空港ロビーのひんやりとした空気を一呼吸した直後、にわかに高揚感が湧き上がってくる。魚籠《びく》に捕らわれていたイワナが、源流に解放された時の感覚だろうか。魂までがぶるぶると打ち震える。このようなナチュラル・ハイは、過去にも幾度となく味わったことがある。そんな場合は決まって沢筋の登山ルートにいて、聳《そび》え立つ山岳を目指していた。だが、今度ばかりは登山というわけじゃあない。神岡町《かみおかちょう》(現・飛騨市)にある船津座《ふなつざ》での講演会が予定されていたからだ。神岡町は西穂高《にしほだか》や槍ケ岳《やりがたけ》の登山ルートのある奥飛騨へも近い。

「緞帳《どんちょう》のある芝居小屋ですから、舞台にトークショー用のセットも組ませていただきました」。タクシーで出迎えてくれた主催メンバーの一人が、自信ありげに語った。神通川に沿う越中東街道（国道41号）の山肌は、芽吹いたばかりの木々が彩り、豊富な雪解け水の白滝を幾筋も落としている。車は一時間ほどで神岡鉱山跡を過ぎ、神岡町へと着いた。町内の酒蔵・大坪《おおつぼ》酒造を見学した後、船津座の楽屋へ案内された。舞台には、広い居酒屋風のセットが設《しつら》えてある。モツ煮込みなど、メニューの短冊も貼ったリアルな演出。開演のブザーが鳴り、聞き覚えのある曲「エジプシャン・ファンタジー」のBGMとともに緞帳が巻き上げられれば、満員御礼の場内は喝采の渦へ。そこへ暖簾をくぐって僕が登場した。声援の飛び交うなか、思わず自分がロックスターにでもなったような錯覚をする。あらかじめ用意されていた地酒を手に「カンパーイ」とやれば、客席から大唱和がはね返る。

しかし、この盛り上がりにはわけがあった。缶ビールを開ける音が聞こえるかと思えば、カップ酒をたしなむ観客の姿も見える。まるで江戸の芝居小屋のノリだろうか。ほろ酔い気分は、人をこうまでおおらかにする。

もはや、舞台と客席の垣根などない。前列の女子が舞台へ上がってきて僕にお酌をすれば、後列のご婦人二人も参加する。僕への質問タイムには、飛騨地方へ伝わる〝祝い唄《めでた》〟まで飛び出した。舞台へ上がって正座した男性の唄いに呼応し、合唱の波はうねりながら広がっていく。熱気にあおられた感動で、涙が溢《あふ》れそうだった。

二時間近くなったトークショーを終え、町内の居酒屋で打ち上げ。ハシゴ酒をしたどの店にも目の覚めるような飛騨美人がいて、手厚くもてなしてくれる。夢のようなひととき。ん？ それにしても、なんだかストーリーがうまくできすぎている。実はこの日、全てが企画スタッフの見事な演出だった。やっぱりね……。でも、嬉《うれ》しいや。

（二〇一三・四・二七）

ああ、愛しのぐい呑み

ゴールデンウィークを、出張先の北海道で過ごした。ところが、オホーツク海に居座った寒冷低気圧のおかげで桜の花便りはおろか、キーンとしばれる寒風にさらされっぱなしだった。そんな折、ふさぎがちな気分を一掃してくれるような酒の席に招かれた。札幌の歓楽街「すすきの」へも近い居酒屋。メンバーは、市内の大手デパートで開催されていた「大黄金展」と銘打ったイベント関係者たちだった。

実は、そのイベント会場に僕のデザインした〝ぐい呑《の》み〟が展示されていた。ひょんなことから依頼された酒器のデザインだったが、まだ一度も完成品を見たことはなかった。

デザインは、高さ六センチほどの筒状のぐい呑み酒器で二十四金製。酒の注がれる内側をメタル仕上げとした。そのメタル部分を器の飲み口へ波状に施して、酒の溢れるイメージも持たせた。器の外側は、指に馴染みやすい艶消《つやけ》し仕上げ。そして器の表面へは、僕の描いたほろ酔い乙女のイラストが前後にレリーフされる。と、思う存分の自由な設計図を作らせてもらった。

「今日は、コレで酔ってください」。メンバーの一人が、おもむろにビジネスバッグから木箱を取り出した。なんと木箱の中身は、もう触れるチャンスなどないものと諦めていたぐい呑み。イラストも巧みにレリーフされている。名工の手になる工芸品は、僕の手のひらへずっしりと鎮座した。さっそく冷酒を注いでもらう。

「純金の熱伝導率は高いですから」。そう聞かされるまでもなく、そのままの冷酒の低温が直《じか》に伝わってくる。もともと宝飾品への執着もなかったが、ヨーロッパの美術館や博物館で優れた美術工芸品を目にする機会は多々あった。そんな程度の経験ながら、思わず僕の口をついてジョークが飛び出した。

「このぐい呑み、国宝級の出来栄えですね」。どっと笑いの渦が起こったけれど、内心は予想を上回る会心の作に驚いていた。華美な印象は薄く、このシンプルな黄金細工に愛《いと》おしささえ覚える。金がアート作品に造形されることで、延べ棒や小判とは異質の真価を発揮するのだろう。ぐい呑みの販売価格は設定されているものの、所有する会社側に販売する意思がなかったらしい。ま、そのおかげで僕は、黄金のぐい呑みを呷《あお》って美酒に酔えた。もう、すっかりと翌朝の日高《ひだか》地方への旅の約束を忘れていた。

あたふたと旅支度も整わないまま車に揺られて二時間半、広大な牧草地の広がる浦河《うらかわ》の乗馬レッスン場へと着いた。間髪をいれず乗馬用のヘルメットとプロテクターを装着。酔った勢いでサラブレッドの亜種にまたがった。なにぶんにも初心者の身、サポートスタッフを頼るほかない。目線は二メートル半ほどの高さ。遠方に雪をかぶった日高山脈が望める。しばらく雄大な景色を満喫し、ひとまず馬を下りてコーヒータイム。とそこへ、携帯の着信音が胸元で鳴った。「はいはい、あのぐい呑みですか。販売を決断したら、即売したようですよ」。仕事仲間のあっけらかんとした声だけが耳に残った。

そうか、あれはぐい呑みとの一期一会の宴《うたげ》だったのか。コーヒーの味が、一段とほろ苦かった。

（二〇一三・五・一一）

四万十川の揺り籠に揺られて

五月のこの時季、新緑の中で佇《たたず》むと小鳥の囀《さえず》りが自然の立体音響みたいに聞こえてくる。

ゆったりと流れる四万十川《しまんとがわ》の下流域は水面が反響板となり、ウグイスがメインを務める天然の野外音楽堂と化していた。乗り合わせた屋形船からの眺めは、びっしりと照葉樹の葉で覆われた丸い山々が続く。目の前の卓上には、小皿へ盛られた手長エビの素揚げと、緑色をした地酒の小瓶が置かれている。悠久の流れと謳《うた》われる四万十川に浮かぶ屋形船は揺り籠さながら。魂の底から癒される気がする。

人工建造物が何一つとして視野に入らないスポットを進む。船頭のオジサンは、今が一番美しい風景だと強調した。春萌《も》えの色彩が豊かな照葉樹林帯といえども、東北の山々のような秋の紅葉とは無縁だからだ。河口付近や灌漑《かんがい》用水路などで小魚を獲《と》る白サギの姿も見当たらない。川は流域によって、棲息する鳥たちの種類も異なる。

僕は、数日前に会ったネイチャー・カメラマンの高橋宣之《たかはしのぶゆき》さんとの会話を思い出した。「鳥は、人にも話しかけてくるぜよ」。僕にも似たような経験がある。迷子となったメジロの幼鳥を保護し、半日がかりで家族へ返せた時のこと。あのメジロの家族たちの再会を喜ぶ光景は、忘れられない感動だった。以来、鳥類にも豊かな感情があることを承知している。

高橋さんの話は、フィールドとする川の源流域で、盛んに鳴き続けるミソサザイと出会ったというくだりから始まった。目の前に近づいても、小枝のミソサザイは逃げようともせず必死で何かを訴えている。やがて、もう一羽が飛んできて近くの小枝へとまり、同じように鳴き始めたという。奇妙に思ってあたりを見回すと、鳥の巣へ忍び寄る一匹の長い縞蛇《しまへび》がいた。事情が呑み込めた高橋さんは、枯れ木に蛇を巻きつけて脇の滝壺へ投げ落とした。「蛇には申し訳なかったけんどね」。蛇の様子が気になって、しばらく滝壺をのぞき込んでいたらしい。ふと横の小枝へ目をやると、二羽のミソサザイが並んでとまっている。しかも囀りをやめ、自分と同じような格好でのぞき込んでいた。高橋さんは、そのまま立ち去り、別の杣道《そまみち》から下山した。もし、もう一度同じ道に引き返していたら、ミソサザイのつがいは高橋さんへ感謝の歌を囀ったかもしれない。

「なんだか民話のような出来事ですね」。僕がそう言うと、「今度は、発光キノコを撮りに行きましょう」と誘ってくれた。青い光を放つキノコの写真なら見た記憶がある。けれども、実物の発光する明るさは想像以上で、ランプ代わりに使用したという話さえ聞く。『竹取物語《たけとりものがたり》』の元になったというのは、本当じゃろうと思います」。発光キノコを探すのは六月の後半だそうな。撮影現場は、平家落人《おちゅうど》伝説の伝わる横倉山《よこくらやま》。僕の苦手な蛇や大ムカデの這う姿がリアルに浮かぶ。梅雨時《つゆどき》の真夜中の山中、深い闇から〝もののけ姫〟の現れるのを待つ心地だろうか……。

ゴトンと屋形船が四万十川の岸辺に着いた衝撃で、ぶるっと我に返った。

（二〇一三・五・二五）

草木塔という発想

新潟駅から羽越《うえつ》本線の特急いなほ号に乗り継いで、山形県の鶴岡《つるおか》を目指した。村上《むらかみ》を過ぎて海岸線へ出ると、凪《な》いだ日本海ののったりとした初夏の風光に心がなごむ。磯釣りを楽しむ釣り人の沖に、粟島《あわしま》の影がくすんで見える。海へ注ぐ河川の水は透明で、良質の漁場を期待させる。そんな車窓風景に見とれて一時間余り、列車は庄内《しょうない》平野へと入った。

鶴岡の町並みは、残雪の月山と鳥海山《ちょうかいさん》を背景に整然とした城下町の趣《おもむき》がある。芭蕉が『おくのほそ道』で出羽《でわ》三山から下ってきている。さらに、川舟を利用して酒田《さかた》へと経由した地だ。「珍しや山をいで羽の初茄子《はつなす》び」。市内の神社境内脇で、芭蕉の句碑を携帯写真に収めていた時のこと。

「この句碑の近くにも〝草木塔《そうもくとう》〟があるんですよ」。出迎えていただいた地元・NHK文化センターの男性職員から聞かされた。草木塔とは、建築材として伐採された山林や樹木に対する供養の碑文が刻まれた石碑のことだった。ほとんどが切り出されたままの天然石で、県内南部の置賜《おきたま》地方に数多く存在するという。

山奥の伐採された木材は、最上川《もがみがわ》などの支流を「木流し」と呼ばれる方法で運ばれていた。

草木塔の多くは、その「木流し」ルートに沿って点在するらしい。国内で確認されたものは一六〇基以上を数え、その九割ほどが山形県内にある。山形大学の研究事務局「やまがた草木塔ネットワーク」のホームページによると、古くは江戸中期ごろの建立とあった。また、昭和、平成と草木塔の建立数が急増し、地域的な広がりも報告されている。

草木塔の建てられた動機は、伐採や「木流し」に携わった人々、それと出羽三山を山岳信仰の対象としてきた修験者《しゅげんじゃ》、僧侶や山伏《やまぶし》たちの共通の思いからだろう。山は容赦のない伐採によって、人体と同じ無残な傷口を呈する。山肌が剝《は》がされて崩れれば、草木はおろか、地中の虫に至るまで命を奪われる。生きとし生けるものに仏性《ぶっしょう》を見、あるいは生活環境のいっさいに神性が宿るとする古来の民間信仰的な発想こそ、草木塔の意味するところだろう。

種田山頭火《たねださんとうか》の句集に『草木塔』がある。もっぱら西日本を歩いた山頭火だったけれど、東北山地の素朴な自然観でもある置賜地方の草木塔に共感して付けた表題といわれる。

「分け入つても分け入つても青い山」と詠んだ山頭火の句は、途方に暮れるほど青葉の深い山並みを表している。かつて、僕も幾度か登った置賜地方を囲む朝日連峰もそうだったように、日本列島の至るところが生命で満ち溢れる青い山だ。

偶然、万物は共存する喜びを感応しあえる能力があると説く、ドキュメンタリータッチの映画「I AM（世界を変える力）」をビデオライブラリーで見つけた。アメリカ人の監督による映画で、万物一如《いちにょ》の仏教的東洋思想や自然崇拝の原始宗教を肯定する内容だった。「この辺に、悪い人はいませんよ」。男性職員の一言が印象深い。きっと自然への憐《あわ》れみの情も、人の良さの証《あか》しにほかならないからだ。

そうか、そのせいで僕は心置きなく酔っぱらえるんだ……。


（二〇一三・六・八）

島影の彼方へ

瀬戸内を機上の窓から眺めると、あらためて島数の多さに驚かされる。外周が一〇〇メートル以上の小島も含めて七〇〇島を超える。空気の澄んだ日なら、ざっと一〇〇個の島影を眼下の視野に数えることが可能だった。しかし、この島々が織りなす絶景は、なんといっても水平の目線で捉える借景にあるだろう。

瀬戸大橋の西へ落ちる深紅《しんく》の太陽と、キラキラと輝く黄金色《こがねいろ》の海には、誰しも心奪われる。山村で育った僕にとっては、神々の描き給《たま》える絵図とさえ思うほどだ。瀬戸内は、そんな神々《こうごう》しいほどの絶景ポイントがそこここに点在する。しかも、兵庫県南西部を含む山陽四県と、四国三県にも及ぶ巨大観光エリアの顔を持つ。

最近、山口県の南東部で広島へも遠くない屋代島《やしろじま》(別名・周防大島《すおうおおしま》)に立ち寄った。「あの背の高い山が、安芸《あき》の宮島《みやじま》じゃ」。島の東岸道路脇でミカン農園を営む老人が教えてくれた。老人の示す先は、瀬戸《せと》海《うみ》と天界の狭間、ブルーが霞《かす》むモノトーンの世界。重なりあう島影の彼方《かなた》に宮島の峰が聳えている。

主峰・弥山《みせん》は標高五三五メートルの低山ながら、島の北東部に位置する厳島《いつくしま》神社からは想像し得ないほどの大きな山容を映す。この島からの眺めも、平安時代の歌人をはじめ、いにしえの船人たちを魅了した風景にほかならない。海上航路の要衝でもあった島の周辺は、源平の合戦や、村上《むらかみ》水軍、北前船《きたまえぶね》の往来といった歴史に彩られてもいる。

「ここから、戦艦大和が通るのを見たんじゃわ」。老人は、どこか誇らしげな眼差《まなざ》しで語った。当時の少年に、巨大戦艦を待ち受けていた悲劇など思いも寄らなかったろう。そして今、のどかで風光明媚《めいび》なこの島も、人口流出という難問に直面している。本州と結ぶ橋が、便利さの代償として若者たちの島離れに拍車をかけたという。

ここ四〇年間で島の人口が半減し、現在の人口は二万人弱となった。労働力を失ったミカン畑は、竹藪《たけやぶ》の自然繁殖にさらされている。島の展望台へ行く道すがら、杉の人工植林で荒廃した石垣の棚田跡を見かけた。かつての島は、棚田が山頂近くまで続く牧歌的な農村風景だったらしい。

展望台へ着いてから、あらためて瀬戸海を眺望した。幻想的なパノラマの手前に、くっきりと青葉の繁《しげ》る伏せたお椀《わん》型の孤島・甲島《かぶとじま》が浮かんでいる。その島の形が新藤兼人《しんどうかねと》監督の映画「裸の島」のモデルとなった宿禰島《すくねじま》に似ていた。芸術的価値の高い映画として、中学校時代の課外授業で鑑賞した覚えがある。内容は、水のない瀬戸内の小さな孤島で生きる四人家族の過酷な生活を淡々と描いたモノクロ作品。セリフのないストーリーの大半は、灌漑用に天秤棒《てんびんぼう》で水桶《みずおけ》を運ぶ夫婦の姿だった。

ロケ地となった昭和三十五（一九六〇）年ごろの宿禰島は、島のほとんどが棚田となっており、映画の主題〝耕して天に至る〟にピッタリの場所。〝その貧しさを推して知るべし〟の副題にも合致した。また、女優の体当たり演技と監督への献身的な愛が話題となったことで、映画通《つう》にはよく知られている。今は亡き女優の自伝に「虫の好かない男が山ほどの砂糖を運んできても、好いた男の塩のほうが甘い」とある。そんな女優の熱愛を受けた新藤監督も、二〇一二年五月に逝った。

あの瀬戸海の光景、僕の記憶の中でも幻となりつつある。

（二〇一三・六・二二）

虚と実の狭間に

羽田《はねだ》空港から西への空路では、富士山の眺めが可能な窓側席を予約するようにしている。もう残雪もほとんど消え、黒ずんだ夏の山肌に変わっていた。たとえ富士山のある風景が日常であっても、不思議と見飽きることがない。そう言えば万葉歌人・高橋蟲麻呂《たかはしのむしまろ》も「……富士の高嶺《たかね》は見れど飽かぬかも」と詠んでいる。今回の世界文化遺産登録への理由の一つとして、北斎《ほくさい》の浮世絵「富嶽《ふがく》三十六景」などに象徴される芸術的価値が評価された。これによって、借景を含む風景の大切さも再認識されるだろうと期待している。

もう一方の評価に信仰があった。江戸庶民に広まった山岳信仰は、富士講のかたちで熱狂的な富士山ブームを起こしていた。富士詣《もう》での叶《かな》わない人々のために造られた富士塚は、江戸市中だけでも一二〇カ所以上あったとされる。そのほとんどは現存しないものの、原形を留《とど》める都内のいくつかの富士塚址《あと》へ登ったことがある。この山岳信仰の起源は、静岡県富士《ふじの》宮《みや》市の浅間《せんげん》神社で、全国各地に同名の神社があり、アサマと読むのが正式という。『古事記』に登場する姫神、木花之佐久夜毘売命《このはなのさくやひめのみこと》（木花咲耶姫《このはなさくやひめ》）を主神に祀《まつ》っている。

「高知県にも、その分社の朝峯《あさみね》神社があるぜよ」と、空港で出迎えてくれた編集者から聞き、案内してもらう運びとなった。その場所は高知市内の東端に位置し、介良《けら》の地名で知られていた。朝峯の名は、浅間の峯にちなむ。

介良富士山（または小富士山）と呼ばれる低い里山の麓《ふもと》に鎮座する神社は、何やら曰《いわ》くありげな佇まい。蟬《せみ》が頭上でジージーと合唱する高温多湿の境内へ降り立った僕は、数分で汗だくになった。そして、本殿脇の白蛇《はくじゃ》の絵馬にぎょっとしていると、社務所の方から宮司夫人らしい色白の女性が現れた。一瞬、木花咲耶姫の生まれ変わりではないかと思わせる美形、身のこなしも柔らかい。

「御神体の巌屋《いわや》へは、どのように行くのでしょうか」と尋ねれば、「女人禁制なので行ったことはないがです」と前置きしながらも、本殿奥の扉の外に巌屋へ至る石段のあることを教えてくれた。夏草の覆う石段を登ると巌屋へと着く。すると、目の前の竹林と雑木林の中に七〜八メートルの高さを持つ縦割れの天然洞窟《どうくつ》が聳えていた。洞窟の底は一坪半ほどの透明な水たまりで、薄暗い奥から湧き水の滴《したた》りが響いてきた。この意味ありげな巌屋そのものが姫神を象徴する。「日本書紀」神話もまた、素朴な土俗的信仰と結びついていた。

境内へ戻ると出先から戻ったばかりの恰幅《かっぷく》のいい宮司さんと遭遇。一二〇〇年前からの神社の来歴を、気さくに語ってくれた。が、話は突拍子もない展開へ移った。

「そうそう、三〇年前の『介良のＵＦＯ事件』は、わしも関わっちゅうんで取材されたがよ」と続く。当時、地元の中学生数人が田んぼに浮遊する灰皿型の小型UFOを捕まえたそうだ。その話題がラジオ、テレビと拡大し、果ては作家の遠藤周作《えんどうしゅうさく》までもが訪れて少年たちを取材、エッセイにまとめた。

どうやら僕も、この世の〝虚と実〟の狭間を旅しているように思う。

（二〇一三・七・一三）

内緒の話

柴犬《しばいぬ》や子猫の無邪気な眼差しに接すれば、たいていの人は安らぎを覚える。いったい、彼らのつぶらな瞳の奥に、どんな思いが隠されているのだろうか。

ふた昔ほど前、北海道えりも町の牧場でひと夏を過ごしたことがある。牧場主は小柄で八十歳と高齢にもかかわらずかくしゃくとしており、早朝の牛舎仕事も現役だった。その牧場内の住居脇に、タタミ半畳ほどもある立派な石碑が建てられていた。

「ワシの相棒の墓さ。家族の誰よりも大事じゃった」。そうつぶやいた牧場主は、昭和三十年代ごろまで狩猟によって家族を養っていたという元猟師。墓石に刻まれた猟犬の名は洋風だったけれども、和種の北海道犬だと聞かされた気がする。ヒグマにもひるむことなく立ち向から有能な狩猟犬だったらしい。時には献花筒に新しい野花が添えられていて、老ハンターと猟犬の深い信頼関係をうかがわせる。猟犬との会話も「おれの言葉が分かるから」と、ごく自然に交わされていたような口ぶりが印象深い。

一方、僕たちは哺乳《ほにゅう》動物の肉を喰《く》う。家畜なんだからと割り切るよりほかないものの、妙にしっくりこないことがあった。四万十川近くのとあるレストランで、野性的な風味が特徴の土佐赤牛のステーキに舌つづみを打っていた時のこと。同席した知人は、赤牛のおとなしくて人なつっこい性格を強調する。さらに、ペットとして飼いたいほど温厚だと説いた。「えっ、でも僕らはそのロースを食べている最中だよね」。結局、五〇〇〜六〇〇グラムを軽く平らげたところで、赤牛の放牧場へ立ち寄る運びとなった。川沿いの牧場は、山間地ながら日当たりの良い緩やかな斜面。赤牛は三々五々のんびりと牧草らしきを食《は》んでいた。

たしかに知人の言葉どおり、おっとりしている。けれども、調理されて平皿に載ったステーキ肉と放牧牛との脈絡を理解するのは困難。それも、食物連鎖の頂点に立つ人間の傲慢《ごうまん》さなのだろうか。答えなど出せるはずもないが、人として可能なことは、いただく命への感謝の気持ちを忘れないことだ。柵の外に立つ僕らへ顔を向けてもぐもぐと反芻《はんすう》している赤牛の姿は、愛らしくも、神々しくさえも感じられた。

僕には、気恥ずかしくて語れなかったかつての飼い猫とのエピソードがある。その牡猫《おすねこ》は、からし色の毛の縞模様だったことで「からし」と名付けた。動物好きの御多分に洩れず、猫との会話は人相手と同じ言葉で交わしていた。約一〇年の間は、登山や渓流釣りにも連れ歩いたので、以心伝心の仲だった。

「一回きりでいいから人の言葉でしゃべっておくれ。神様には内緒だからね」。一緒の旅から戻ったある時、僕は真顔でからし君に問いかけた。すると「にゃもらみにゃらむにゃ」と、およそ猫とは程遠い声を発した。その直後、いたずらっ子のような仕草で僕の膝《ひざ》から逃げ去っていった。ただそれだけのことだったが、僕は感動のあまりしばし呆然《ぼうぜん》としていた。その後、からし君が奇妙な声を出すことは一度もなかった。

先日、このエピソードを仕事仲間に告げた。「飼い主の思い込みよ」なんて失笑されるのを覚悟だったが、「似たような話、ほかでも聞いたわよ」と意外な答え。どうやら、動物も飼い主の愛には、自然界の常識を超えてさえ応えようとするのかもしれん……。

（二〇一三・七・二七）

星と通信する男

その謎めいた初老の男性を初めて見かけたのは、タクシーの窓越しだった。偶然、通りかかった新興住宅街の狭い裏通り、ドライバーは歩行者の存在に細心の注意を払わなければならないエリアだ。男性はベージュの半ズボンにグレーのTシャツ姿で、戸建て住宅のブロック塀を背にして立っていた。

「雨の日でもない限り、この道を通るたびにいるんですよ。三カ月ほど前からかな」。地元のタクシードライバーにとっても、気になる存在のようだ。夕暮れから夜半にかけて、身じろぎもせず佇む男性と幾度も遭遇したらしい。ドライバーは、そばにある単身者用アパートへ入る男性の後ろ姿を目撃しており、そこへ引っ越してきたのだろうと推測していた。

数日後の夜、自分の仕事場への帰路に同じ道を通り、例のブロック塀の前へさしかかった。突然、ヘッドライトが謎の男性の胸元を照らして過ぎた。夜の十一時を回っている。すでに、車が走行するのも稀《まれ》な時間帯だ。おそらく、男性が通りへ出て佇む時と回数は、天候などの状況によって異なるのだろう。以後、折あらば、あえてその抜け道を利用するようにしている。必ず出会えるわけではないにしても、少なからず〝謎のオジサン〟への期待感を抱くようになった。

男性の見つめる西空の先、その一点にはどんな意味があるのやら。先立たれた愛妻の住む星なのかもしれない。勝手な妄想がふくらむが、家族の保護のない様子からして、孤独な一人住まいを想像してしまう。ふと、二〇〇一（平成十三）年に公開されたハリウッド映画

「光の旅人 K-PAK」のストーリーがよみがえる。映画の主人公は、過去の不幸な体験を機に、自分が他の星から来たと信じ込んでしまう内容だった。

そう言えば、同じ住宅街の一隅には医療ケアの設備を誇る高齢者専用のマンションがある。一方、友人の一人は、認知症の進んだ母親を抱えて医療施設の整った入院先の確保に四苦八苦していた。「福祉先進国への道のりは、遠いんですよ」と、弱音を吐いた。新宿の横丁に数店の飲み屋を経営する気立ての良いマスターでもある。結局、兄弟たちの協力で自宅介護の道を選んだ。いずれのケースも希望が持てる。しかし、人の社会には、弱者を救いきれない病理的な側面が存在する。

「認知症かもしれないお年寄りを見かけたら、声をかけてみてください」と訴えていたどこかのテレビ番組が思い出される。また、「おせっかいでも、興味本位でもかまわないから」との呼びかけには賛成できる。

実のところ、僕は自然の中の小動物たちとコミュニケーションを取る方が得意で、癒やされる。俳句やデジタルカメラを媒体にすれば、自然界との距離がぐっと近くなる。ひいては人生の充実が得られるというもの。もし、人との縁をつなぐなら、一献の力に頼るのもいい。孤立した生命が生命たりえないのは自明の理《ことわり》というものだろう。

そうだ、星と交信している〝謎のオジサン〟に会ったら、今度こそ挨拶してみよう。今は、そんな風に考えている。

（二〇一三・八・一〇）

されど大衆酒場考

東京の武蔵野《むさしの》エリアに位置する学園都市の夕暮れ、間を置いて見知らぬ二人の中年アメリカ人男性から話しかけられたことがあった。駅へ向かう大学通りで会った一人は、近くの文化センターからの帰りらしく、生真面目《きまじめ》な語学講師だったように記憶している。数分間の立ち話ながら、日本の庶民的な酒場文化への興味を示したのが印象深い。もう一人のアメリカ人男性と会ったのは、ホルモン焼きを食わせる小さな酒場だった。僕がカウンターに腰かけてほどなく、「あなたを知っているよ。よく飲む人だね」。振り向くと、狭い卓を囲む数人の飲み客がいた。流暢な日本語の声の主は、近くの国立大学で教鞭《きょうべん》をとるマイク・モラスキーさんと分かった。どうやら侘《わ》びしく揺れる赤提灯《あかちょうちん》と縄暖簾の居酒屋が好きらしい。彼の授業で〝学生（大学院生）が一人で個人経営の居酒屋を訪ねる〟という課題は、最近マスコミでも話題になったほどだ。

もう一〇年以上も昔、浅草《あさくさ》のひさご通りと言問《こととい》通りの交差点付近に「甘粕《あまかす》」というスタンドバーがあった。名物の老女将が一人で賄《まかな》う戦後浅草を象徴する飲み屋だった。ある時期から看板を降ろし、たいていは土、日曜日に見知った常連客だけが訪れる店となっていった。老女将が「サイデンさん」と親しげに呼ぶ日本文学の翻訳で知られるアメリカ人、サイデンステッカーさんの嬉しそうなほろ酔い顔も何度か見かけた。また、僕に芝木好子《しばきよしこ》の小説『隅《すみ》田川暮色《だがわぼしょく》』をすすめてくれた別のアメリカ人とも出会った。昭和の浅草界隈を理解するには最適の書だと説く、好感の持てる紳士だった。

当時、僕の住んでいた江東区《こうとう》は、戦時中の東京下町大空襲で焦土と化した過去を持つ。戦後、復興した江東区深川《ふかがわ》エリアの大衆酒場の背景を調べるのに、同じ芝木好子の小説『洲崎《すさき》パラダイス』が貴重な資料として役立った。深川と隣接する洲崎に在った遊郭街の物語ながら、大正、昭和時代の下町事情がリアルにイメージできたからだ。ともあれ、東京の下町酒場がサブカルチャーとして、アメリカ人の好奇心をくすぐっていたことは間違いない。

もちろん、そんな日本の飲酒文化への興味は、アメリカ人に限ったわけじゃあない。わずか三〇席限定というマニアックな僕の飲酒イベントにも、フランス人の参加があって関係者を驚かせた。

「名前はフィリップです。このイベント、とても楽しい」と、頰《ほほ》を赤らめながら日本酒の酔いに上機嫌だった。フランスをはじめとするヨーロッパ人の日本酒への関心もますます高まりつつある。

かつて「酒場は男を磨く道場」と見なされてきた。この場合の酒場は、おおむね他人同士が間仕切りのない共有空間に集う。この酒場様式の原型が、東京の下町で昭和三十年代に続々と誕生したコノ字型カウンターの飲食店だ。それを、下町の人々は〝大衆酒場〟と呼ぶようになった。客は顔見知りの有無に関係なく、他者とのコミュニケーション力が問われるパブリックな道場となり得た。

実は近年、この大衆酒場そのものが、欧米人から注目されている。

（二〇一三・八・二四）

歌は楽しからずや

かつて一九六〇年代から七〇年代にかけて、欧米のポピュラー音楽は世界中の若者たちを熱狂させた。ザ・ビートルズの存在を知ったのは六〇年代初頭、テレビ画面のニュース映像だった。ロンドンのメインストリートをステージ仕立てのオープンカーで移動しながら演奏する彼らと、感極まって泣き叫ぶ沿道の女の子たちの姿が印象深い。このころ、欧米から発信されるさまざまなジャンルの音楽が、日本へ流れ込んでいた。

「CDジャケット用のライナーノーツ（解説文）も書いてください」。知人の音楽プロデューサーからの依頼だった。なんと、そのCDには、僕の歌う曲も収められるからだ。曲名は「Bad Bad Whiskey」といい、一九五〇年代に黒人歌手エイモス・ミルバーンがピアノを弾《はじ》かせながら歌ったジャズ曲の一つ。アメリカ南部で誕生したジャズ・エイジ（一九二〇年代）と呼ばれる黒人音楽の流れをくむ。そして、エイモスが歌ってから半世紀を経た後、歌手でもない僕に歌わせるという突拍子もない事態へ発展した。ほろ酔えば歌いたくなるほどの中年男子に、いったいどんな顛末《てんまつ》が待ち受けているのだろう。

そこで、自らの音楽的背景をかえりみた。少年期、当時大流行のムード歌謡をよく耳にしていた。その曲名は気恥ずかしくて明かせないけれど、ここ数年、新発田《しばた》のカラオケスナックで何度か披露したことがある。

一方、西洋音楽との出会いも同時期だった。四国山地の郷里で渓流遊びに明け暮れていた夏休みの午後。我が家へ戻ると、縁側に一台のテープ・デッキが置いてある。スイッチを入れて大きなテープを回転させれば、聴いたことのない器楽曲の美しい調べが流れ始めた。何かの協奏曲だったのだろうか。しきりとバイオリンを欲しがったのもそのころだ。今となっては、テープ・デッキの置いてあった目的も理由も思い出せない。おそらく、日本のムード歌謡と似通った雰囲気を感じていたに違いない。

そんなせいか、哀調を帯びたメロディーの「フォルクローレ」と呼ばれる民族音楽やオペラ歌曲、モーツァルトの再来とまで称されるニーノ・ロータの映画音楽には、聞き入ってしまう。果ては、嗄《しゃが》れ声が魂に響くビリー・ホリデイのブルース曲、カナダの老詩人レナード・コーエンの歌う「Dance me to the end of Love」に、滅法はまっている無節操な音楽好き。

けれども、エイモスの曲「Bad Bad Whiskey」が日本で親しまれるようになったのは、ここ数年のこと。しかも、マニアックな少数派の人々からの支持に限られる。まして、日本人はウエットな曲調を好むとされている。曲の主題「悪いウイスキーだぜ。ハッピーなホームさえ忘れちゃったじゃあないか」と、ともすればシニカルな内容をエイモスは極めてドライに歌い上げる。僕にエイモスのような手慣れた歌唱テクニックのあるはずもないが、憶するより、チャレンジの充実感を良しとする。

とにかく、英語と自らの訳詞の両方で歌う酒飲みソング。こんな冒険を許してくれる仲間たちには、見守ってもらうほかない。

（二〇一三・九・一四）

それぞれの又三郎

秋風に刺激されて思い出される童話の一つとして宮沢賢治の『風の又三郎《またさぶろう》』がある。田舎《いなか》の小さな小学校へ転校してきた又三郎が風の神の化身だったというシュールな逸話を、ごくありがちな放課後日誌のごとく展開させていく。そんな童話の主人公が、いつしか僕の空想世界で一人歩きしはじめた。

閑散とした山村の農家では、戸袋から出かかった雨戸や納屋《なや》の戸板が、ヒューと吹く風にあおられて乾いた音を立てる。そんな秋特有の風音が、センチメンタルな子供心には悲しい童話のプロローグみたいな印象を抱かせる。そして、この風こそ又三郎の仕業だと思うようになった。風という自然現象を擬人化し、又三郎と呼んで友達みたいに語らう。宮沢賢治が生涯失うことのなかった感性に違いない。

だが、知人のほとんどは、都市部のマンション住まい。秋風も都会の騒音もシャットアウトする空間に収まっている。ひょっとすると、風の又三郎の行き場はないのだろうか。確かに、近代的な都会生活では自然への繊細な感受性が持てないだろう。

「似たような句ばかりか、盗作が多くて困り果てています」。ある雑誌で、川柳の公募を担当する女性編集者が嘆く。川柳への関心が高くて応募者数は多いものの、オリジナリティーを備えた発想に欠けるという。残念ながら、これは川柳だけの問題じゃあない。親しい俳句の主宰者も、同様な盗作問題を抱えていた。ただ、それをあげつらう労力と時間がむなしく、無視していたらしい。

「子供はだれでも又三郎なんだ。唯一無二の存在だから、受けるのさ」を、口癖のように語る飲み仲間がいた。酔うと童話『ムーミン』に登場する吟遊詩人スナフキンを気取り、ギターを掻《か》き鳴らして歌うのが好きだった。作家志望に見切りをつけ、郷里の青森へ戻ったと噂《うわさ》されているものの、真相は不明。それにしても、極まった感のある現代の情報社会。模倣と盗作がインターネット上で混沌《こんとん》たる状況を呈する。いったい、「どこまで唯一無二の存在たり得るのか」なんて疑問もわくが、風の又三郎にとってはどこ吹く風だ。誰にも煩《わずら》わされることなく気ままな進路をとる。

僕も、自力で未来を拓くべく「鳴かざれば、自分で鳴こうホトトギス」と、信長、秀吉、家康の三武将〝鳴かぬホトトギス〟の喩《たと》え話に、自分の生活信条を並べてみた。ま、このレベルのジョークでも二〇年前なら笑いが取れた。ところが最近、「自分で鳴こう」の喩え話を冠する武将は誰なんだろうという疑問が、やはりインターネット上で俎上《そじょう》に載ったらしい。そのネタの発信源が、武将でないことだけは確かだ。

それにしても、輝かしい命との別れのイメージを孕《はら》んでいるこの時季。又三郎が運んでくる物語に耳を傾けたくなる。黒のクレヨンでグルグルと渦巻を描いたようなつむじ風の又三郎。地球を一巡りして仲間のところへ戻り、またどこかへ去っていく。今度、そんなつむじ風を見かけたら、僕は迷わず乗っかるつもりだ。

（二〇一三・九・二八）

しがらみにグッドバイ

東京の下町や地方の盛り場を散策していて、自分とそっくりな出《い》で立ちの男性と会うことがある。どうやら、僕のファッションを真似《まね》て飲み歩くのがマニアックなファンの間で流行《はや》っているらしい。なかには、ビデオカメラまで飲み屋へ持ち込み、僕の出演するテレビ番組風のレポート映像を撮って楽しんでいる連中さえいた。また、カールした髪の毛とハンティング帽をセットにした扮装《ふんそう》グッズがインターネット販売されている。いったい誰に変装するのか、「酒場放浪用」というのがおかしい。ちなみに、僕のトレードマークも曲毛《くせげ》とハンティングだ。

「先週、弟さんだと名乗る客が店へ来ましてね……」。何度かお邪魔したことのある飲み屋の主《あるじ》の話で、僕に弟のいないことを知っていた。古くから続く大衆酒場の店主、怪しげな客のあしらいは慣れている。実は、この種の話は時々聞かされる。たいていのケースは、笑って済ませる内容だった。

ところが、そうとばかり言えない事態が、郷里のホテルで起こった。客室電話がかかった。「家族とおっしゃる方が、お見えです」。ホテルのフロントから、三年前、疎遠だった姉が亡くなり、郷里に家族を名乗る存在はなくなったはず。ま、親戚はやたらと増えて、街を歩けばイトコやハトコにしばしば出くわす。そんな時は「ありがとう」の一言と、握手で済む。

昔、交流のない縁者の葬儀に出席した。生前、よほど信頼できる身内のなかったせいか、旅生活にいた僕の居場所を辿り、「死を見とってほしい」との頼みだった。不憫《ふびん》に思った僕は、断りきれず引き受けた。果たして、葬儀の当日、遠路より駆けつけた一番近しいはずのお身内、第一声が遺産名義についてのことだった。こんな事情、封建的な土壌を持つ地域では珍しくないのだろう。あらためて家族の絆《きずな》の意味を反芻してみた。そして、自分が〝心の家族〟しか築いてこなかったことにほっとしている。

無論、今回のフロントを通しての問い合わせもお断りした。だが、五〇〇人近いホテルのパーティー会場、各テーブルを挨拶めぐりしているうち、亡者みたいに歪《ゆが》んだ表情でこちらを睨《にら》む顔を発見。もう少しで手の盃《さかずき》を落としそうになった。僕は黄泉《よみ》の悪霊から逃げるイザナギの心境となり、後ろを振り返ることなく自分のテーブルへ帰還した。

逃れたいしがらみは、これだけではない。マスメディアでの表現に、飲み屋めぐりの「達人」、「大御所」はたまた「賢者」なんて称号を冠することがある。あいにく僕はどの称号も当てはまらないつもりだが、掲載された雑誌記事を見れば複数の専門家と並んでいたりする。僕自身は、ほろ酔いの酒場詩人たる称号で十分満足している。酒場に対して、もっと自由で独創的な視点を向けてほしい。だって、星の数ほどある酒場、それぞれに輝きが違うじゃあないか。

人が過去のしがらみから解放されないなんて、健全なわけがない。僕は、いま旅の進路を大きく変える準備をしている。「グッバイを鞄《かばん》に詰めて　冬の旅」。そうする予定だ。

（二〇一三・一〇・一二）

少女からの手紙

東京近郊の人気ハイキングスポット、高尾山の山頂付近は、休日ということもあって家族連れやグループ客でごった返していた。

「パパの人生は、あと二〇年だもんね」。背後から少年の快活な話し声が聞こえる。ややシリアスな父と子の会話に、前を歩いていた僕と友人は思わず苦笑してしまった。子供の大人びた会話は、たいてい母親の受け売りという。無口な父親と、素知らぬ顔をした母親の三人連れだった。それでも、穏やかな父親の表情に、平和な家庭像が垣間見《かいまみ》える。

「子供って、正直ですね」。別居中の息子とせっかくスーパー銭湯へ出掛けたものの、親子の触れ合いを持てずに落胆していた友人がつぶやく。スーパー銭湯を望んだ息子の狙いは父との語らいでもなく、休憩室に揃《そろ》った漫画本だったらしい。

「彼は、もう自分の道を歩み始めてるんですよ」。ぽつりと付け加えた。子を持つ親としての経験がない僕は「ま、そのうち一緒に飲めるさ」と、ありきたりの言葉しか返せなかった。

このごろ、子供たちからファンレターをもらうことがある。「子供なので、飲み会には行けませんが、楽しんでください」などと書かれていたりする。無論、僕の出演するテレビ番組のせいだが、酒場めぐりという内容と照らし合わせると、なんだかおかしい。

「物心のつき始めた子供は、テレビ画面に映し出された大人の本音を感じ取っていますよね」。あるタクシードライバーの話だ。確かに、感受性が育つ五、六歳から十歳前後の子供の発揮する邪気のない洞察力は鋭いのだろう。だとすれば、子供のファンこそ得がたいのかもしれない。

先日、秋田のホテルで開催されたイベントの帰路、少女からの一通の手紙に感激していた。両親へ託された手紙の「初めまして」と始まる文面から、家族の温もりが伝わってくる。学校の先生までが話題に加わった喜びも綴《つづ》っていた。「お守りに、ピンバッジを作ったので、バッグや服につけて下さい」「いつも見て応えんしています」云々、「最後まで、読んでいただいて、心から感謝しています」。小さな便箋に鉛筆でしたためた子供らしい文字と僕の似顔絵が描かれており、「小学5年生・茉智《まち》より」と、あった。ポチ袋へ入っていたビールジョッキ型のピンバッジには僕の顔まで刺繡《ししゅう》されていて、労作であることがうかがえる。

秋田新幹線の車両は、大曲《おおまがり》駅でスイッチバックして進行方向を変える。しばらくは〝あきたこまち〟米の刈り取られたばかりの田園の中をひた走る。ふと、田んぼの中の墓地が目にとまった。三〇メートル四方ほどの台地に黒御影石《くろみかげいし》の墓石が数十基建ち、代々続いた稲作農家の歴史を物語っている。ひょっとすると手紙をくれた少女も、そんな農家の末裔《まつえい》だろうか。おりしも旅の疲労がピークに達していた時、胸ポケットへ仕舞い込んでいた少女からの便りは、萎《な》えかけた心を潤してくれた。

そして再び、右手で手紙の入った胸のポケットを押さえたまま、深い眠りについた。

(二〇一三・一〇・二六)

酒縁の到る処に青山あり

石川県は、一日に使う飲食費が他県と比べて多いらしい。全国的に人気の清酒銘柄が揃っていることから、おそらく飲み代を加味してのことだと思う。先日、地元テレビ局の企画で、石川県の酒を味わう旅に出た。とはいえ一泊二日のごく短い旅程、酒量も限られるだろうと予想していた。

まず、小松《こまつ》空港へ降り立ち、そのまま白山《はくさん》市にある酒蔵へ直行した。美しいブナの森を持つ白山への登山基地でもある町だ。創業は江戸期より古い酒蔵の流れをくむ老舗《しにせ》とあって、重厚な蔵建築が見事。高い天窓と重厚な梁《はり》の構造、巨大な自在鈎《じざいかぎ》の吊《つ》り下げられた囲炉裏端《いろりばた》でしばし建物内部に見とれていた。厳《おごそ》かに蔵の酒をいただいたことは、言うまでもない。ツマミには、フグの卵巣の塩辛を用意してもらっていた。飲み口は淡麗にして辛口、骨っぽさが感じられて飲み飽きしない。加賀《かが》酒は、おおむね食中酒に向く。蔵の代表銘柄にほろ酔うて弾みがついたところで金沢市へ戻り、いよいよ居酒屋のハシゴ酒となる。

グルメたちを唸《うな》らせる食材と、洗練された酒場の数では北陸随一と称《たた》えられる金沢。京の雅《みやび》をモデルとした加賀金沢藩の祖・前田利家《まえだとしいえ》公の趣味が街並みに感じられる。酒量は当初の予想を超えていったようだ。だが、翌朝の目覚めはいい。五時前には、ホテルの快適な朝風呂を楽しんでいた。ただ、朝食時間の取れないままに迎えの車へ乗り込んで一路、奥能登《おくのと》を目指して北上した。標高の低い山並みは、秋の彩りを覆い隠すかのような杉を主とする人工植林が進んでいる。

二軒目の酒蔵のある町は、富山湾に面した小さな港町だった。すでに取材ロケのクルーと、二十代半ばを過ぎたばかりの若い蔵元が待ち構えていた。蔵の酒を幾種類か飲み比べつつ、アオリイカのしゃぶしゃぶをいただく。朝酒には一抹の後ろめたさもあったものの、程よいイカの歯ざわりと地酒の美味なること。背に腹は代えられん。それにしても昨晩の酒量が気にかかった。

「二升半ほどじゃあないでしょうか」と、番組ディレクターが即答した。道理で記憶が霞んでいる。だが、食欲ともに旺盛だからしかたがない。若き当主に注がれるまま、盃を重ねた。

「祖父が見つけた旨《うま》い湧き水を、仕込み水としています」。内陸部寄りの山中で、偶然飲んだ軟水の湧き水という。列島の至るところ、酒造りには欠かせない清らかな滴《したた》りがある。青空に輪を描く鳶《とび》の群れをしばし眺めてから、能登空港へ向かった。羽田で乗り継ぎ、午後の早い時間には札幌入りのスケジュールだった。

高原に造られた能登空港は台湾や韓国からの観光客で賑わっており、ドル箱空港と呼ばれていた。手洗いを済ませ、待ち合いロビーへ踵《きびす》を返した途端、「やあ、やあ」と、互いに顔を見合わせた白髭《しらひげ》の紳士がいた。日除《ひよ》け帽子を深く被《かぶ》ってはいたが、すぐさまハンサムな名優、仲代達矢《なかだいたつや》さんだと分かった。さっそく、酒談義に花が咲く。搭乗のアナウンスが流れるまでの間、僕の酔いは一気に回った。なんと、かつての仲代さんは一日に三升以上飲むほどの酒豪だった。

お別れの挨拶を済ませ、搭乗口へと急いだ。ふと振り返った見送りフロア、ガラス張りの向こうに僕を送ってくれた青年がいるじゃあないか。手を振って合図したら、満面の笑みを湛えて応えてくれた。

細やかな青年の心遣いに「ありがとう」を口でなぞった。

（二〇一三・一一・九）

甘い水を求めて

最近印象に残った映画で、性格俳優として名高いショーン・ペン監督の「INTO THE WILD」がある。二〇〇七（平成十九）年に公開されたアメリカ映画だ。原作は、ジャーナリスト兼登山家のジョン・クラカワーの著したノンフィクションで、人間社会を捨ててアラスカの荒野に果てた青年の物語。裕福な家庭に育ちながらも、不仲な両親への反発と苦悩を抱えて放浪してのことだった。『荒野へ』の邦題で集英社から文庫本にもなっている。いくぶん衝撃的な内容に、センセーショナルな注目を浴びたらしい。

映画の冒頭に、十九世紀イギリスのロマン派詩人バイロンの詩の一節が引用されている。字幕の邦訳になぞらえて、我流の訳詞を試みた。

「未踏の森に愉《たの》しみのあり　孤独な岩壁にも恍惚《こうこつ》のあり　深い海と怒濤《どとう》の奏でる無垢なる世界　その傍らにこそ安らぎはある　故に我　人の世を離れて大自然へ入る　バイロン卿《きょう》」

監督のショーン・ペンは、このバイロンの詩と厭世観を募らせた青年の心情を重ねている。ただ、青年は猟銃を携えながらも、アラスカの荒野にサバイバルが叶わず餓死した。雪に覆われた疎《まば》らな針葉樹林の荒野で、食料の確保は至難の業。厳しい現実を前に、人間社会で行き場を失った青年の思惑は通用しなかった。もちろん、映画の主題は青年の苦悩という魂の問題に違いない。

だが、僕にはもう一つ異なった視点で外国映画を見る習慣がある。それは海外の自然が舞台となった映画に対し、日本列島の風景を比べることだ。

かつて北海道で知り合ったえりも町の牧場主、村上《むらかみ》さんを思い出す。ハンターでもある村上さんは、父親譲りの狩猟技術と野性的な身体能力が自慢だった。撃ち取ったエゾシカやヒグマの肉を幾度か振る舞ってもらったことがある。飲み水確保の話も、祖父が偶然発見した湧き水を仕込み水にしたという奥能登の酒蔵のエピソードと通じる。けれども草原と点在する針葉樹林、ツンドラと呼ぶ凍土の広がるアラスカのような山岳地なら、人のサバイバルもままならないだろう。

友人のツイッターに〝きき水のできる山頭火〟とのつぶやきがあった。その情報を辿ると、漂泊の俳人・種田山頭火は、別名〝水のみ俳人〟とも呼ばれ、水音を聞くだけで旨さが分かった……云々、とある。また、名水の里の水質調査を行ったある大学の研究グループが、行く先々で山頭火の句碑に出会ったという。そして、旨い水の分析結果とは、ミネラル分の少ない超軟水だった。

酒造りの仕込み水を地域の人々へも汲《く》ませる酒蔵が各地にあった。濁り酒の一種〝どぶろく〟造りを許可された地域の湧き水だって、僕の知る限り超軟水に属する。全国一の酒蔵の数を誇る新潟、〝どぶろく〟を造る施設は一五カ所にも及ぶ。

天然林に護《まも》られた里山の渓谷へ踏み入って耳を澄ませてみよう。きっと、木霊《こだま》しているに違いない。「こっちの水は甘いぞ〜」

（二〇一三・一一・二三）

男は夢を離さざる

二〇一三年十二月、荒廃した河川の再生に尽力されていた福留脩文《ふくどめしゅうぶん》さんの訃報《ふほう》が届いた。出身地、高知市内の病院での死去を地元の高知新聞は詳細な記事で報じていた。スイスへ訪れた時に学んだ〝近自然《きんしぜん》工法〟の土木技術を応用する「川の外科医」として親しまれていた人物だ。その年、北海道の網走川《あばしりがわ》でのサケの漁獲量が全国一だったのも、福留さんの河川改修技術の成果によると聞く。七月の下旬に福岡空港ロビーで偶然の再会を喜んだばかりだった。

「絶滅危惧種《きぐしゅ》のリュウキュウアユ（琉球鮎）から助けを求められたぜよ」。奄美大島《あまみおおしま》のリュウキュウアユをはじめ河川の生態系保護プロジェクトに招かれての帰路、少し日焼けした福留さんは目を輝かせながら語った。しかし、僕は初めて見る福留さんの車椅子姿に戸惑っていた。そして、骨盤治療のせいで車椅子の使用を余儀なくされているとの説明に納得するほかなかった。付き添っておられた夫人と御子息は、福留さんの深刻な病状を承知の上でいたと思うと胸が痛む。この出会いの後、僕は自分のエッセイに「川の生態系の復元という生涯の夢が実現しつつある充実感で溢れていた」と福留さんの印象を記した。身体的ハンディよりも、理想への気迫が感じられたからだ。

　福留さんは、土佐の伝統的なウロコ積みと呼ばれる石積み技術に注目していた。ラフに自然石を組み合わせたような外観ながら、実は高度な土木技術に裏打ちされている。コンクリートの護岸のない河川の復元。蛇行《だこう》する河川の周辺に植樹し、微生物までの食物連鎖を保護する。美しい景観を呈する河川こそ、豊かさの象徴に違いない。ひいては地域コミュニティーの活性につながる。

「子供たちが天然魚と遊べる川を増やしたい」の言葉を繰り返しておられた。この近自然工法は、全国的な広がりを期待できるという。けれども、「われ関せず」の気風が見え隠れする地元高知の県民性に一抹の不安がある。ひょっとすると、自由民権思想の発祥地らしく誰かを英雄視することがあまりない土地柄。地元の人々が福留さんの夢をどれほど受け継いでくれるのだろうか。というのも、さぞ地元ならではの熱狂的な坂本龍馬《さかもとりょうま》ファンが多かろう、との想像は見事に外れたからだ。

「たまたま、司馬遼太郎《しばりょうたろう》が小説に書いたからぞね」と、高知城の堀沿いで出会った中年女性の冷ややかな龍馬評価を聞いた。ま、「我が為《な》すことは我のみぞ知る」と他人の評価を気にしないのも、龍馬の信条だからおあいこかもしれん。

　最近、龍馬と勝海舟《かつかいしゅう》が一緒に旅した大分県の佐賀関《さがのせき》から長崎へと、九州横断の足跡を辿った。旅するにつれ、なんともチャーミングな龍馬像が浮かんでくる。龍馬の懐手には、ピストルが握られていたとの説もある。でも本当は、握った夢を離さなかったのだろう。

「懐手　龍馬は夢を　離さざる」

福留脩文さんは、前のめりに生きて逝った龍馬のイメージと重なる。


（二〇一三・一二・一四）

でも越後の地は麗しい

酒蔵見学に来た愛飲家たちの前で、蔵元が仕込み用の木桶を指差しながら話していた。「類さんは、この桶くらいの量を飲み干してますね」。乾いた木桶が、蔵の中庭に展示されている。酒の醸造に金属製のタンクが主流となった今、木桶は珍しいものとなった。一升瓶に換算して何本なのか見当もつかないが、後方で蔵元の説明を聞きながら思わず噴き出してしまった。祝いの儀式で〝鏡割り〟に使用する四斗樽《しとだる》がある。四〇升入るこの樽が年間で三つもあれば十分だろう。などと計算し始めたところで、我に返った。人が、生涯のうちに摂取しても許される飲食の分量は決まっているという。そんな仏教上の教えのあった気がする。ま、心に留めておきたい。

これまでの人との出会いに、幾度盃を交わしただろう。盃の向こうに見た笑顔の数々。もたらしてくれた勇気は計り知れない。二〇一三年、外国からの観光客は一〇〇〇万人に達したらしい。アジア近隣からの旅行者はもちろんのこと、フランスをはじめとする欧米人観光客の増加が日立つ。長崎の大浦《おおうら》天主堂付近の石畳を上る若い西洋人女性のグループがいた。彼女らの表情に緊張感はなく、はつらつとした笑い声が弾む。外国人旅行者の人気都市は、もはや京都や函館《はこだて》ばかりじゃあない。飛騨の高山からの帰り、名古屋へ向から特急のグリーン車の乗客は、数人の日本人を除いて全て欧米人だったことがある。十九世紀後半、パリを中心に広まったジャポニズム（日本趣味）や、西欧列国の偏見をまじえたオリエンタリズム（東洋志向）とは異なる新たな好奇心が、日本列島への旅を促している。

その一つが、列島の随所で出会う屈託のない笑顔だろう。旅人にとって笑顔は、安全の証明。リピーターが多いのも、それを裏付けている。

「美しい日本へ来ることができて幸せです」。外国人タレントの来日会見などでよく常にする言葉だ。これは単なる社交辞令だけではない。〝美しい〟とは、列島の豊かな植生と島々が織りなす風光、天然森に護られた山岳、湧き水と清流などを意味している。列島の育んだ農水産物は無論のこと。米どころ新潟へは、旨い酒を求めてやってくる欧米青年たちも少なくない。

連載「酒徒《しゅと》の遊行《ゆぎょう》」で取り上げてきたエピソードの数々。人と自然の共存する列島の未来像が浮かんできたなら嬉しい。人や小さな命との出会いは、また悲しい別れの始まりでもあった。喪失感を埋め合わせるのは、新たな出会いと発見であることに変わりはない。旅をあえて〝遊行〟と呼ばせてもらったのは、諸国行脚《あんぎゃ》、修行という仏教的視座にほかならない。だが、〝酒徒〟はともすれば享楽的な酒飲みを指す。そして、「汝《なんじ》、悟るなかれ」とばかりに、酔いしれることをいとわない。旅に病んで果てれば、酒精（アルコール）の青い人魂《ひとだま》となっても、山野をさまようだろう。

（二〇一三・一二・二八）

Ⅳ

酒精の青き炎

自由への飛翔

東アジアや日本列島で越冬した渡り鳥が北方へ帰ることを、俳句の季語で「鳥雲に入《い》る」「鳥帰る」などという。特に、ハクチョウ、ガンのような大型の鳥が群れ飛ぶ姿は勇壮なことで知られており、春の風物詩となっている。

「あの沼には、数万羽のマガン（真雁）が集まりますよ」。俳句仲間の岩本くんの誘いに一も二もなく「行こう」とうなずいた。沼とは石狩《いしかり》平野にある美唄《びばい》市の宮島《みやじま》沼で、日本最大のマガン飛来地として知られている。四月末の午後、一行を乗せた黒のフォルクスワーゲンは、宮島沼一帯にたなびく春霞《はるがすみ》と、どんよりと垂れ込めた雲が織りなす乳白色の世界へ滑り込んだ。ほぼホワイトアウト状態のなか、ヘッドライトを頼りにしばらく進むと、宮島沼水鳥・湿地センターらしい建物がぼんやりと浮かび上がってきた。しかし、手前の駐車スペースには数台の車の影しか見当たらず、水鳥たちの騒ぐ気配もない。どうやら、マガンが沼へ戻ってくる時刻には少々早すぎたようだ。夕刻の六時が飛来のピークと判明するも、二時間ほどの余裕がある。

「実は、案内したかった場所がもう一ヵ所あるんです」。岩本くんは、にやりと笑って言った。水鳥・湿地センターから樺戸《かばと》道路に出て、石狩川を渡れば月形《つきがた》樺戸博物館（旧・樺戸集《しゅう》治監《ちかん》）へは一五分ほどで着く。明治の初期、西郷隆盛《さいごうたかもり》らの西南戦争のほかにも複数の内乱が勃発《ぼっぱつ》していた。新政府は、その戦いで捕らえられた反乱者たちの収容場所を北海道の地に求めた。そして明治十四（一八八一）年、北海道で最初に建てられたのが樺戸集治監だった。月形は初代所長・月形潔《きよし》にちなむ。

博物館となった今、北海道開拓のために過酷な労働と犠牲を強いられた囚人たちの様子をうかがい知ることができる。そんな開拓時代の礎《いしずえ》となった囚人たちの存在を忘れてほしくないというのも博物館の主旨だ。

館内を巡るうち、一枚のパネル写真が目にとまった。写真の中央で老いた修行僧らしき人物が無垢《むく》な眼差《まなざ》しをこちらへ向けている。それは、生涯で六回の脱獄に成功した人物、西川《にしかわ》寅吉《とらきち》だった。この回数は日本の脱獄史上最多記録らしい。そのうちの三回は樺戸集治監からだ。初犯が十四歳の時に起こした傷害事件で、賭博のもつれによって殺された叔父の仇討《あだうち》が動機という。以後、獄中と逃亡生活を繰り返しながら、自らも博徒となるなど任俠《にんきょう》映画さながらの半生を送っている。

「西に入る夕日の影のある内に罪の重荷を降ろせ旅人」。寅吉が晩年に詠んだ直筆の書も展示していた。人は生まれながらに罪を負うと説く旧約聖書の原罪意識さえ連想させられる。ひととおり館内を巡り終えたころ、宮島沼にマガンの戻ってくる時刻が近づいた。

再び車で引き返してみると、沼はまだ靄《もや》と雪原のモノトーンの景色のまま沈黙していた。二〇分ほど待っただろうか。突然、あたりに太く甲高い鳴き声が響いて十数羽のマガンが飛来。沼のほとりで待つ人々にどよめきが走った。続いて、次々とマガンの群れが上空を通過するも、沼の周辺を旋回した後に、もと来た白雲の中へ消え去った。どうやら沼は氷に覆われ、マガンたちが着水できないようだ。それでも、見事な〝くの字型〟で編隊飛行するマガンの大群が出現。ゆっくりと〝く〟の字を開いて直線のフォーメーションとなった。マガンの列の端が遠く霞んでいき、途方もない長さに思われる。

樺戸集治監獄が実働していた昔、塀の中の寅吉も飛翔するマガンたちの夕景を目撃したに違いない。自由への渇望と脱獄への執念を募らせずにはいられなかっただろう。

（二〇一二・五・二四）

美しい夜景と出会う

高みから鳥瞰《ちょうかん》する都市の夜景には、ＳＦめいた趣《おもむき》がある。かつて、ニューヨークの夜景を観光ヘリで眺めた時の印象は鮮烈で、まさに映画「未知との遭遇」の巨大宇宙船映像の中へ迷い込んだかのようだった。高層ビルが発光体となって煌《きら》めき、闇《やみ》はそのまま銀河へとつながっていた。また、この映画の宇宙船はマンハッタンの夜景をモデルに描かれてもいる。もっとも、夜景でシュールさを競うならば、室蘭《むろらん》のナイトクルージングが秀逸だった。大自然と重化学工業のプラントと白鳥大橋《はくちょうおおはし》の織りなす光景は、まさに異空間そのもの。どこかの惑星に造られた宇宙基地かと錯覚する。

なにも夜景が大都市ばかりのものじゃあなく、小都市にだって美しい夜の景観のあることを痛感した。函館《はこだて》の街もその一つで、日本三大夜景に数えられるほど評価が高い。人気のビューポイントは、やはり函館山からの眺望だろう。修学旅行生の熱気におされながらも函館山ロープウェイのゴンドラへ乗り込んだ。僕も初めての経験だったので乗り合わせた観光客と同じく期待に胸を弾ませていた。ゴンドラが動き出すと視界はふわりと浮き上がり、トンビかカモメの目線となって高度を増すこと数分、展望台へ着く。

山頂の展望台では、人混みを避けて静かなレストランからの夜景を楽しむことにした。薄紫色に霞んで見えた街並みは、宵《よい》が深まるにつれてオレンジ色を配したイルミネーションへと変貌していく。函館山の山麓《さんろく》は、本願寺《ほんがんじ》の大屋根、ロシア正教やカトリックの教会のユニークな塔、カフェといった建物が石畳の坂道をはさんで点在し、夜にライトアップされる。

坂道は函館市電の通りをクロスして赤レンガ倉庫群のあるベイエリアへと下る。西部地区と呼ばれるこの付近一帯の街には、イベント時、多くのバル（スペイン風居酒屋）が出店するという。そんな酒場やビアホールも夜の帳《とばり》が降りれば、イルミネーションの星くずに紛れてしまう。足元の山麓から流れ落ちる夜景は、西側のベイエリアと東側の海岸線の湾曲した地形に沿って狭くなる。そこで大きくくびれた夜景は、内陸へ向けて扇形に広がる。決して、香港《ホンコン》やマンハッタン島の夜景に見るスペクタクルな派手さはないけれど、心にしみ込んでくるような感動を誘う。「函館の夜景にはワインが合うなあ……」などと、独りごちながら手元の白ワインを揺らした。

幕末から明治にかけて近代的な貿易港として繁栄してきた函館。和と洋の建築文化が見事に融合した街並みを色濃く残している。明治期の文人・大町桂月《おおまちけいげつ》の記した北海道の街並みに触れた一文が脳裏をよぎる。桂月は、洋風でモダンな都会的イメージを綴《つづ》っていた。おそらく函館の街並みの印象が強かったに違いない。津軽《つがる》海峡対岸の大間崎《おおまざき》に、函館の〝漁《いさ》り火の影〟を詠んだ桂月の歌碑が建てられているほどだ。

時折、夜の飛行便で北海道入りすることがある。そんな時は無意識のうちに、函館の夜景鳥瞰図を窓から追っている。

（二〇一二・六・二八）

神々の遊ぶ庭

大雪山《たいせつざん》系の北側に位置する層雲峡《そううんきょう》へは、幾度となく訪れたことがある。銀河の滝と流星の滝という二つの名瀑《めいばく》を有することでも知られている石狩川の上流域だ。この双子のように並んだ滝は、切り立った断崖《だんがい》の天空へいきなり現れて滑り落ちてくる。目指す大雪山の峰々は、その断崖の向こうに広がっている。

少し下流の層雲峡温泉登山口から、ロープウェイとリフトを乗り継げば、北の主峰・黒岳《くろだけ》の七合目に着く。そこから一時間少々の歩きで山頂へと至る。途中、リフト用に拓《ひら》かれた草地ルートで、多くのクジャクチョウ（孔雀蝶）を見かけた。鮮やかな黒とオレンジに彩られ、孔雀の羽のような目玉模様が特徴だ。もう一種類、目玉模様を持たない蝶がほぼ同数いて、色、形ともに酷似していた。クジャクチョウはヨーロッパが本場らしく、寒冷地に棲息《せいそく》する言わば北方系の蝶という。東アジアや日本のものは、その亜種とされている。派手な色彩のせいだろうか、学名（*Inachis io geisha*）の一部に〝芸者〟の語が含まれていた。

整備された登山道の斜面にチシマノキンバイソウ（千島金梅草）が咲き乱れ、ウグイスの老練な声は澄み渡る。行く手にエゾシマリスが跳ねて、愛嬌《あいきょう》を振りまく。やがて黒岳の山頂へ辿《たど》りつくと、それまであたりを覆っていた霧雨まじりの雲が流れ去って、視界は一変した。なだらかに連なる峰々と、山麓のそこかしこに鯨や大白鳥などをかたどった雪渓《せっけい》が残っている。

「あれは、ハート形になってるね」。同行した登山仲間のTさんが北鎮岳《ほくちんだけ》の方を指差した。中年男も童心に返ってしまう。地表のコマクサが風に震えて露を落とし、イワブクロ、エゾツツジと、どの高山植物も一〇センチ前後の丈で花咲く。

しかし、またホワイトアウトの霧雨が降ってきたので、黒岳石室《いしむろ》へ避難することにした。上下二段の板棚からなる典型的な山小屋スタイルの石室（避難小屋）には、七〜八人の登山者が雨宿りしていた。石室の近くには桂月岳が鎮座している。明治期の文人・大町桂月にちなんで付けられた名だ。

「燗酒《かんざけ》を用意してくれるそうですよ」。隣接している管理人小屋へ酒の調達に行ったTさんが戻ってきた。冷え切った身体にはありがたい。そそくさと管理人小屋へお邪魔した。「やっぱり酒場めぐりをする方でしたか」。どうぞ、どうぞ、とばかりのお招きにちゃっかりとあずかった。ストーブに暖をとること、しばし。甲斐《かい》あって雨がやんだ。このチャンスを逃すまいと、登山者たちが動き始め、僕らも続いた。

再び黒岳の山頂に立つと、雲の通い路《じ》を開いて天から数条の陽光が降りてきた。雪渓は輝き、お花畑が照らされる。あの稜線《りょうせん》を辿ればナキウサギの棲《す》む白雲岳《はくうんだけ》じゃあないか。かつて、一匹の小動物みたいに辿った神々の台座《うてな》、大雪山系が見渡せる。尾根筋の登山道に、無数の赤トンボが低く漂っていた秋。風に飛ばされまいと新雪に足を踏ん張った初冬。そして、月下のビバーク。もう、無理な願いだろうか……。

僕は、一口分だけ残しておいたカップ酒を黒岳山頂の小さな祠《ほこら》に注ぎ、片膝を突いた。

（二〇一二・七・二六）

めざせ北の酒どころ

近年、北海道の酒蔵をはじめ、清酒の普及に意欲的な動きが目立ってきた。北海道が米の生産量日本一となった今、次の目標は〝北の酒どころ〟ということだろう。そんな意気込みを反映してか、札幌の老舗《しにせ》ホテルの一つで北海道の地酒と創作料理とのコラボ・イベントが八月九日に催された。イベントには僕の酒場話も加えていただいた。八席ずつの全四〇テーブルは満席。なかにはひときわ大柄な北《きた》の富士《ふじ》さん（旭川《あさひかわ》市出身の元横綱）の笑顔がある。女性客の占める割合だって少なくない。いよいよ興に乗った僕も各テーブルを回って、全参加客三二〇人との乾杯で締めくくることができた。

道内のほとんどの蔵元たちが、北海道産の米を使った清酒造りにこだわり始めた昨今。北海道の清酒需要の伸びに期待が高まりつつある。釧路《くしろ》の酒蔵では、女性杜氏《とうじ》の活躍が話題を呼んでいた。しかし、二〇一二年の時点で道内に酒蔵が一三社というのは寂しい。全人口が八〇万人を大きく下回る郷里の高知県でさえ、一八の酒蔵と新しく創業した焼酎蔵一つを有する。

数日後、東京の飲み屋街へ久しぶりに立ち寄る機会を得た。それにしても、「学生時代に飲んだ新宿《しんじゅく》の飲み屋横丁。あんな雰囲気は北海道じゃあ味わえんのさ」と、酒席でさも悔しそうに語った北見《きたみ》育ちの飲み仲間のことが脳裏から離れない。都内で仕事の打ち合わせを終えた午後、新宿駅西口にある〝思い出横丁〟の名をタクシー運転手へ告げた。

「ああ、しょんべん横丁のことですね」。どうやら改名された新しい横丁名が気に入らないらしい。思い出横丁は、戦後闇市の風情を残す飲み屋横丁で、もう一つの新宿ゴールデン街と並び称される。たしかに、この横丁へ踏み入れれば、迷わず日本酒か焼酎が飲みたくなる。モツの串焼き屋などが、ウナギの寝床みたいな間口で軒を連ねる路地。飲んべえたちにしてみれば、野生動物の獣道と同じテリトリー、あるいは聖地としての意味を持つらしい。行きつけの店へ、決まった路地の角を曲がって通う。大人なら半身《はんみ》にならなければすれ違うこともできない路地の奥。空腹もさることながら、男どもの魂が癒される。

ウナギ専門店「カブト」は、思い出横丁の中心部に位置する。昭和二十三（一九四八）年の開業だ。店のウリはウナギの串焼きもさることながら、縄暖簾《なわのれん》と寂びたカウンターの佇《たたず》まいだろう。店主が黙々と額《ひたい》に汗する焼き台の上には裸電球がともる。その裸電球の傘に黒々とこびりついた油煙《ゆえん》は、垂れ下がる鍾乳石《しょうにゅうせき》と似ている。

「あんたのおかげで女性客が増えたよ」。ちらっと上目づかいの店主が、口元を緩ませて言う。「焼酎をグィーとひっかけて帰る例の老紳士。お元気ですか」と尋ねた。「昨日も来てたよ。もう九十六歳になったんだってさ」。なんとも嬉《うれ》しくなる答えだった。同時に、酔うにつれ、この横丁を懐かしむだろう多くのUターン組中年男子たちの顔が浮かぶ。

どれ、日本酒や焼酎が飲みたくなるシチュエーション。北海道の港町あたりに探してみようじゃあないか……。

（二〇一二・八・三〇）

愛しの絆を求めて

道内の旅を始めて二〇年近くなる。何と言っても大自然との触れ合いが最大の魅力だった。けれども、人里に入れば、いつの間にやら家族のような心のつながりが生まれている。そして、そのままその地に住み着いてしまったなんて話をよく耳にする。他者を受け入れるのも、開拓精神以来の伝統の一つかもしれない。大地の恵みを奪い合うのではなく、分かち合うゆとりが、旅人への思いやりとなるのだろう。

「海が近いので、仕込み水はミネラル（塩分など）を含んだ硬水だと誤解されるんですよ」。増毛町《ましけちょう》にある国稀《くにまれ》酒造の女将《おかみ》さんの話だった。蔵の裏が日本海に面し、海岸まで一〇〇メートルほどの距離しかない。しかし、仕込み水となっている暑寒別岳《しょかんべつだけ》の伏流水《ふくりゅうすい》は、真水に近い軟水で、蔵の酒と同じ柔らかな含み感がある。この湧き水は誰でも自由に汲《く》むことができ、ペットボトルを並べて給水する近郷の人々も少なくない。厳しい自然環境と向き合う日本最北端の酒蔵ならではの互助精神を見る思いがする。

増毛を皮切りに始まった今回の酒縁《しゅえん》旅は、JR函館本線、石北《せきほく》本線を走る特急オホーツク五号で深川《ふかがわ》駅から遠軽《えんがる》駅へ。翌日、北見市常呂町《ところちょう》のサロマ湖ワッカネイチャーセンターで催される吟行《ぎんこう》に参加させていただいた。地元の句会の方々とは春の流氷見物以来だった。再会することができた網走《あばしり》市在住の女流俳人・京華《きょうか》さんは御年八十二歳。ところがその俳句センスの奔放さには舌を巻く。遊覧馬車の「蹄《ひづめ》のおとに飛びついてくる実ハマナス」なんて句を詠む。そんな刺激を受けた夜、サロマ湖畔《こはん》のホテルで目覚めた。湖面はまだ闇の中だったが、煌々《こうこう》と輝く漁り火に目を奪われた。時刻はまだ夜中の三時前。湖面を疾走するホタテの養殖船だった。

「素早くホタテを湖へ戻さないと死んじゃうのさ」。養殖作業の現場で聞いた言葉を思い出した。まるで、ボートレースみたいな高速船の群れは、湖と空がサロマブルーに染まる朝となってもひっきりなしだった。常呂町の食料自給率二七四〇パーセントという豊かさの実情が垣間見《かいまみ》える。

ホテルのチェックアウト後、札幌の登山仲間に車でピックアップしてもらい、一路オホーツク街道を北上。興部町《おこっぺちょう》からルート239号に入って内陸へと向かった。下川町《しもかわちょう》で旧友を訪ねる心づもりがあってのことだ。ウエンシリ岳の長い尾根が見えてくると、下川町もそう遠くない。旧友は神奈川県から、家族を置いて下川に移り住んだ男性だった。突然の訪問だったが、どうやら在宅らしい。呼び鈴などない侘《わ》び住まい。大声で名前を呼ぶと、昔と変わらぬ返事が返ってきた。

「いつかは訪ねてくれると思っていたよ」とノンアルコール飲料を数本持って出てきた。菜園とも庭ともつかない軒先には、懐かしいバーベキューの炉が残っている。事あるごとに顔見知りたちが集い、心ゆくまで安価な焼酎に酔いしれた場所だ。下川町への道すがら、当時の飲み仲間だった漫画家宅へ立ち寄ったことを告げた。

「彼は、人付き合いをやめたよ」。どうやら、引きこもったままらしい。さらに、僕が酔いつぶれて眠るまでギターと歌を聞かせてくれたカップルについて尋ねた。「Mちゃんは、二年前に死んだ」と即答する。歌好きで小柄な女性だった。話題は途切れたが、それ以上聞く必要はなかった。事故や病気のせいではないことが察せられたからだ。

別れを告げ、再び車の助手席に座した。車窓に流れる名寄川《なよろがわ》沿いの景色、二〇年近い時の移ろいがあった。なんとも名状しがたい感情が込み上げてくる。Mちゃんの十八番《おはこ》だったアンデス民謡「花祭り」と、星空の記憶とともに……。

（二〇一二・九・二七）

アールヌーボーのすすめ

かつて、イトウやエゾイワナを求めて釣り行脚《あんぎゃ》していたことがある。しかし、地の利のない旅人にとって、釣りポイントを探すには広大すぎる北海道の地。アメマス狙いで釧路川をさまよったあげく、ついに釣果《ちょうか》もなく諦めた。もっとも、釣り殺生はやめたものの、川や水への関心が薄らいだわけではない。むしろ、河川へのこだわりは増すばかり。釣りをやめた後の数年間、山岳の中腹から湧き出る滝と透明な蒼《あお》い淵《ふち》が夢の景色に現れたものだった。

ところが、日ごろ目にするのはセメントで護岸された都市部の川。かねてより、川は周辺に住む人々の心を映す鏡だと思っている。ゴミが淀《よど》みに浮かぶような汚染された河川のありさまは、人のすさんだ心の反映ともいえる。

今、僕の手元に『川の外科医が行く』と題する単行本（掛水雅彦《かけみずまさひこ》著、高知新聞社）がある。ブックカバーは、〝川の外科医〟こと福留脩文《ふくどめしゅうぶん》さんの写真だ。赤と白に塗られた測量棒を握って立つ笑顔の背景が、なんと網走川の中流域で、津別町《つべつちょう》の近郊。福留さんは「近自然工法」によって瀕死《ひんし》の川をよみがえらす土木技術者として、全国から河川診断の依頼が相次いでいる。

この近自然工法は生態への配慮を主眼としており、生き物に優しい工法という。ヨーロッパの環境保全先進国、なかでも一九八〇年代に福留さんが学ばれたスイスの土木技術が活《い》かされている。自然石を組み、木々を植えて洪水にも耐えられる護岸構造が造られる。何よりも、生き物の生態系ピラミッドが復活する仕組みを目指している。

木々が繁《しげ》り、花が咲き、小魚の泳ぐ河川敷を取り戻せば、家族連れが集える地域コミュニティーだって活気づく。僕もこの三月、網走川の流れ込む網走湖でワカサギ釣りを楽しませてもらった。上流域が健康ならばこそ、河口に豊かな漁場も広がる。

「森は〝海の恋人〟、〝川は仲人〟ですから」。北見市常呂町に住む市職員の辻孝宗《つじたかとき》さんから再三聞かされたエコロジカルなフレーズだ。〝仲人の川〟とは、網走川と並行してオホーツク湾へ流れ込む常呂川を指している。近海の漁場は、流入する河川の水質いかんが死活を決める。常呂川もかつての汚染でサケ漁に甚大なダメージをこうむった。常呂漁協は昭和五十四（一九七九）年ごろから常呂川の源流域へ植林事業を展開し、森を育てて清流が戻った。当時としては画期的な出来事だっただろう。

その先進的行動力を高く評価する人は多い。過去に常呂町を訪れた宮崎県出身の民俗芸能研究家、鳥集忠男《とりだまりただお》さんもその一人。常呂町の活動に触発されて、霧島《きりしま》山地（宮崎と鹿児島の県境）に森の復元運動を起こした人だ。さらに宮城県でも、平成元（一九八九）年から漁師による植樹運動が行われている。もはや「森と海との関わりは地球規模で考える時代」（広報誌「ところ通信」より）に違いない。

僕とて、前世は清流に棲むアマゴだったかと思いたくなるほど、河川への関心が深い。自然との共生なしでは人の未来もないことが問われる昨今、コンクリートで固めた直線的な河川などではなく、ゆっくりと蛇行《だこう》する自然な河川の流れ、アールヌーボーの景観に郷愁を覚える。

（二〇一二・一〇・三一）

夢は枯野を……

自分のライフワークで実績を積みながら、なおかつ未来への夢に目が輝いている大人。こんな風に日々が過ごせたら、充実した人生と言えるだろう。また、そういう人物と巡り合い、ともに盃《さかずき》を交わすことができれば一層の活力が得られる。

「さて、今日のゲストは川の外科医、福留さんです」と、僕のパートナー役を務める女性アナウンサーがゲストを紹介した。ラジオ番組収録のために帰郷していた高知でのことだ。かねてよりの願いが叶《かな》い、福留脩文《しゅうぶん》さんとの対面が意外な早さで実現したのだった。挨拶《あいさつ》もそこそこに話題の口火を切ったのが、網走川で平成十八（二〇〇六）年から始めたという〝近自然工法〟の成果だ。

「続々とサケが戻ってきたらしいぜよ」と、福留さんが満面の笑みをこぼす。大量のサケが産卵のために産まれた川へ遡上《そじょう》してくるとすれば、まさしく健全な河川の証明となる。いったい、川の健康を取り戻す工法とは、どのような工事なのだろう。いきいきと語る福留さんの話に、現場への興味は募るばかりだった。

「今、工事中の川があるぜよ」。この言葉に、僕は「見せてください」と即答。さっそく翌朝、柚子《ゆず》の産地で名高い高知県の東方、安芸《あき》郡馬路《うまじ》村を流れる安田川《やすだがわ》に案内してもらう運びとなった。もちろん、近自然工法の実験を兼ねた実践現場だ。

その工法が進行中の馬路村の河原は、ショベルカーが一台放置されている以外、何の変哲もない光景に思えた。ところが、小魚が寄り付く〝淵〟、アユやアマゴの産卵場となる〝瀬〟、ウナギの捕食場所ともなる河岸沿いの〝瀞《とろ》〟、それらは近自然工法によって復活しつつある渓流、安田川中流域の姿だった。自然石が洪水にも耐えられるフォーメーションで配置され、巧みにコントロールされた川の流れは、生き物たちとシンフォニーを奏でる。アオサギが一羽、河岸の魚に狙いを定めてヌーッと立ち止まった。上流では、黒褐色のカワガラスが瀬尻《せじり》で何度も素潜りして川虫を捕食している。

工法の要となる堅牢《けんろう》な自然石のフォーメーションとは、古くから土佐《とさ》に伝わる石積みの一種でウロコ積みと呼ばれていた。ウロコ積みは、県内の街並みにも点在し、ゴージャスな石垣として雄姿を留《とど》めている。一見、無造作に積み重なったゴツゴツした岩は、高度な石工《いしく》の技が造り上げた勇壮なる形状。最上段は、ステゴザウルスの背中の骨板みたいに突き出ているのが特徴だ。およそ整った石垣のイメージからはほど遠い。

福留さんは、この石積みをアレンジして工法に応用し、「土佐積み」と命名した。石積みの歴史は古く、石室などの造られた古墳時代まで遡《さかのぼ》る。奈良時代の治水事業にも石積みが見られ、中国から伝わった技術らしい。今や、自然工法の必要な河川は、国内ばかりか世界中に存在する。

難病を抱える福留さん。親交のある中央大学のF工学博士から「工法を論文にして後世へ残せ」と叱咤《しった》され、覚悟は決まったと語る。

「技術を受け継いでくれる子供たちが出てきてほしいね。どこかにモデル地域を創りたい」。僕も即座に答えた。「北海道の地はどうでしょう」

（二〇一二・一二・二九）

かっぽ酒にほろ酔う

伐採してきたばかりの青竹で作った筒に、酒や焼酎を入れて温めると竹酒ができる。俗に〝かっぽ酒〟と呼ばれ、竹筒を徳利《とっくり》代わりとして作る燗酒のことだ。かっぽ酒は、青竹の滋養成分と香りがアルコールと溶け合い、心地よく鼻孔を刺激する。たいていは囲炉裏《いろり》の炭火か、焚《た》き火で熱して燗をつける。

「高千穂《たかちほ》の芋焼酎、飲んでみらんね」。そう言って斜めに切った竹筒の注ぎ口を向けたのは、いかにも農家の主婦らしい割烹着《かっぽうぎ》姿の中年女性だった。大きめのぐい呑《の》みでこれを受けると、竹の節目部分に開けられた注ぎ孔《あな》がカッポカッポと鳴る。このかっぽ酒は、宮崎県高千穂地方でも古くから伝わる飲み方という。芋焼酎の銘柄名も〝天孫降臨《てんそんこうりん》〟と、神話の里らしいネーミングだ。囲炉裏を囲み、煮しめ、巻き寿司《ずし》、芋の天ぷらなどがザルへ盛られた郷土料理とともにふるまっていただいた。しかも、お邪魔した場所が、天岩戸《あまのいわと》を祀《まつ》る神社の近くに建つ社殿風の一軒家。集落に受け継がれている夜神楽《よかぐら》の練習場所でもある。その練習風景を見物しながらのかっぽ酒とあって、野趣の豊かさもひとしお。なんだか自分がスサノオノミコトを演じているかの気分だった。

竹酒の習慣は宮崎、鹿児島ばかりじゃあなく、淡竹《はちく》や孟宗《もうそう》などの竹林が育つ雨の多い地域なら珍しくない。当然、中身は焼酎から日本酒へと幅を広げる。また、青竹の筒は、鍋、釜の要領で蒸し料理などにも使用されている。特に冬の季節は竹筒の風味を活かした骨酒《こつざけ》がおすすめかもしれん。イワナを遠火の強火でからからに焼き、竹筒の燗酒へ浸す。イワナの香ばしさと内臓部分の微《かす》かな苦味に、竹の青々しい風味が加わるからたまらない。きっと、通《つう》好みの珍味だろう。

一方、島根県の松江では、神話にまつわるもう一つの酒を飲ませてもらった。スサノオノミコトがヤマタノオロチを泥酔させて退治するために造らせた「八塩折之酒《やしおおりのさけ》」だ。ある地元の酒蔵が『古事記』の記述をヒントに再現した。数年寝かせた古酒に新酒を仕込み水として使い、それを何度も繰り返して醸造するというもの。おまけに、かなりの年代酒となるため値段もとびきり高い。味はハチミツを混ぜた「ボウモア」ウイスキーと似てなくもない。蔵元の遊び心に敬服するほかなかった。

ところで、北海道にもそんな遊び心の旺盛な蔵元がいた。俳句仲間と吟行を兼ねて蔵見学にお邪魔した、札幌郊外の栗山町《くりやまちょう》にある小林酒造《こばやし》の専務・小林精志《せいじ》さんだ。蔦《つた》の絡まるレンガ蔵は、改修の必要性に迫られながらも威風のある存在感を呈している。その中庭で小林さんが自らかっぽ酒を燻《いぶ》していた。

「この青竹、京都から取り寄せました」。こんな飲み方こそ、北海道人にも知ってほしいと語る。僕も他の俳句仲間に便乗してかっぽ酒をすすった。そして、くいーと飲み干したところで、ふと、伝統文化の交流として、北見市へ高知県の郷里・仁淀川町《によどがわちょう》の里神楽が伝わったことを思い出した。かっぽ酒に舌つづみを打ちながら北見神楽が楽しめる日も遠くない。寒風にあおられてなびく燻煙《くんえん》の向こう、蔵元の熱い眼差しがあった。

（二〇一二・一二・二八）

縁は運命と言うけれど……

高知県にある酒蔵の一つを訪れた。四国の水瓶《みずがめ》と呼ばれる早明浦《さめうら》ダムの近くで、大町桂月にちなんだ清酒の銘柄「桂月」がメインの酒蔵だ。桂月は北海道とも酒縁浅からぬ明治の文人で、この酒蔵の澤田輝夫《さわだてるお》社長が小さな貯蔵蔵を桂月の資料館にするほどのファン。「酒と俳句と山歩き、三拍子揃《そろ》って桂月とそっくりじゃき」と、僕を評してくれるものの、なんとも照れくさい。たしかに、大町桂月は日本の山水風景を愛し、旅と酒に生きた詩人といえる。層雲峡、羽衣《はごろも》の滝など、北海道に多くの地名を付けた。大雪山系の黒岳の脇《わき》の山は、桂月の登山を記念して桂月岳と名付けられた。また、標高三〇〇〇メートル級の峰々が連なる南アルプスの農鳥岳《のうとりだけ》に、桂月の歌碑がある。桂月の碑は、青森県をはじめ、全国に驚くほど数が多い。おそらく、かつての知名度の高さを物語っているのだろう。

僕も旅の途中で、たびたび桂月碑と出くわす。桂月の足跡もまた、日本列島の中で豊かな天然林を湛《たた》える地方に集中していることが分かる。同じ県の出身という以外、桂月と我が身を直接結ぶ縁はないが、時代こそ違えど同様な自然観に触れながら生きたような気がする。ヒグマや昆虫に至る小動物までを愛《いと》おしく思っていただろうことも、桂月の紀行文の中から推し量ることができる。

「うちの酒の仕込み水を飲んでみてや」。澤田社長に促され、蔵の庭へ湧き出る仕込み水をごくり、ごくりと飲む。当たり前のことだが、水の含み感は蔵の酒と酷似している。ちなみに美味《うま》い水は、水温の差こそあれ、まろやかで雑味を感じないところが共通している。ニセコや利尻島《りしりとう》の湧き水の美味さも、その土地に流れる空気を飲むかのような自然さが印象的だった。

旅のついでに、愛媛県との県境にある檮原町《ゆすはらちょう》へ足を延ばした。四国でも最も辺境の地にある山村と思われていたところだ。坂本龍馬や土佐藩士たちの脱藩ルートとして名高い。〝雲の上〟を標榜《ひょうぼう》する土地柄だけに、標高は高く積雪だって珍しくない。ところがこの山間《やまあい》の町、今やエコロジーのモデル地域として全国から注目を集めている。ホテルや庁舎は、森林と共存する環境に配慮した木材主体の建築。派手な色彩を規制し、シックな町並み保存が徹底して守られていた。

僕は、町のメインストリートにある一軒の鍛冶《かじ》工房をのぞいた。ショーケースには、二十八代目という鍛冶職人、影浦賢《かげうらけん》さんの作った包丁やアウトドア用ナイフが並んでいる。繊細な波状を持つダマスカス模様が特徴。何よりも造形美と実用性に富み、柄《え》は地元産の檮《ゆす》の木とエゾシカの角が巧みに組み合されていた。

「北海道の方や、アメリカの愛好家からも注文を受けてますよ」。影浦さんは、話を続けた。

「北海道の山歩きには必携でしょう」。僕は、思わずオーダー用のスケッチブックに手形を写し取ってもらった。

初めて山歩き用の山刀を手にしたのは、えりも町の村上《むらかみ》牧場の鍛冶場でのことだった。ヒグマ除《よ》けにもなるからと、牧場の長老が手伝ってくれた。もう、二〇年以上も前になる。

さて、今度の影浦工房のオリジナル山刀、どの山で振るおうか……。


（二〇一三・一・三〇）

寒風に挑む〝輓馬〟

北海道開拓の礎《いしずえ》の一つに、明治新政府が送り込んだ囚人の存在があった。そして、人以外にも忘れられない立役者がいた。文字どおり、開墾の動力として活躍した〝輓馬《ばんば》〟と呼ばれる馬たちだ。その雄姿を帯広《おびひろ》競馬場のばんえい競馬で、目の当たりにすることができた。

流線型で足の細いサラブレッドの競走馬と比べれば、輓馬の足は太く、首、胸、腰の全てが隆々たる筋肉に覆われている。体重が一トン前後というから、およそ競走馬の二頭分に匹敵する。輓馬は、西洋の大型農耕馬がルーツ。それを象徴するのが競馬場内に建立されている「イレネー」像で、明治四十三（一九一〇）年にフランスから輸入されたペルシュロンという品種の農耕馬だ。輓馬の大部分が、このイレネーと名付けられた種馬の血統を受け継いでいた。

「せっかくだから、馬券を買いましょうよ」。連れ立って来た俳句仲間から促され、買った一枚の一〇〇円馬券と小さな期待をポケットに突っこみ、レース場へ出た。右手の奥に1から10まで番号の記された出馬ゲートがあり、二〇〇メートルの直線コースからなる。興奮気味に待つこと数分。フラッグの合図と同時に、ガシャンとゲートが開いた。まず、輓馬の上半身が姿を現す。前足を高く上げて躍り出てくるのや、首を目いっぱい突き出して猛進し始めるのやらと、輓馬たちが怒濤《どとう》となって押し寄せてくる。それぞれが錘《おもり》と騎手を乗せた鉄の橇《そり》を引き、最初の一メートルほどの盛り土の障害を勢いよく越えて突き進む。大地を覆して二つ目の障害へと近づくにつれ、横一線だった輓馬の列が大きく乱れる。

懸命に鉄橇を引くも、輓馬はスロットル全開のフルパワー。筋肉の緊張も限界に近い。二つ目に控えている最後の障害が、レースのクライマックス。どの輓馬も二メートル近い盛り土を前に、ひと呼吸整えなければならない。そして貯め込んだ力を振り絞って一気に駆け登る。

観衆の視線は、最終障害の前へ集中して待ち構える。ついに、先頭の輓馬が寒風を切ってせり上がってきた。澄みきった青空を背に、ひときわガタイの大きい黒毛が躍動する。この瞬間ばかりは、おとなしくて従順な輓馬の眼差しも強張《こわば》る。荒い鼻息は、ドラゴンの吐く白煙のようだ。僕は、もうギリシャ神話に登場する神馬か、動き出したトロイの木馬でも見上げるような心持ちとなった。黒毛はそのままスタミナ切れすることなく、ダントツの一着でゴール。しかもポケットの馬券ナンバーと同じじゃあないか。さっそく換金窓口へ行って、馬券を差し込むと一〇〇〇円札が一枚戻った後に、チャリンと一回ぽっきりの一〇〇円玉の音……。

「本命馬だからね～」と、同行したJ女史の意地悪そうな横目がのぞき込んだ。

翌日、帯広空港へ向かう途中。ジンギスカン専門店「白樺《しらかば》」で、ラム肉を頬張りながら帯広信用金庫の中村利雄《なかむらとしお》さんから、十勝《とかち》平野の食料自給率が一一〇〇パーセントだと聞かされた。北見市常呂町の人々と同様に、驚異的な食料自給率を誇る。また、北海道の中でも地元愛が際立って強いエリアらしい。

「だから、地酒だって復活させたいんですよ。十勝の米と水でね」。力説する中村さんは〝とかち酒文化再現プロジェクト〟の一員でもある。帯広滞在中にしこたま飲んだのが、そのプロジェクトの発売する清酒「十勝晴れ」。まだそのほろ酔いの余韻に浸るなか、唯一となった〝帯広ばんえい競馬〟のことが走馬灯のごとく想念を巡っていた。

十勝晴れの下の輓馬レースは、野外劇場で見る人馬一体の開拓史劇を彷彿《ほうふつ》とさせる。北海道人ならずとも、極寒を凌《しの》いだ開拓魂と重ね合せて涙しそうになる。存続してほしい。

（二〇一三・二・二八）

心のサバイバル

「福島の海岸も見てほしいです」。福島県郡山《こおりやま》市在住の親しい女性が冷静な口調で語った。彼女の住むマンション脇の児童公園は、放射能汚染による立ち入り禁止区域だった。除染作業を終えた現在でも、子供らのはしゃぎまわる姿はないという。僕は、東日本大震災以降、同県の会津若松《あいづわかまつ》や福島といった内陸部を訪れる機会が幾度かあったものの、太平洋岸への旅は初めてのことだった。羽田《はねだ》と札幌を往復する旅客機の窓越しに霞んで見えた福島原発。東京から二〇分程度の飛行距離しかない。上空から眺める原発近くは、車の走る影さえもない沈黙の沿岸風景が続いていたように思う。

そんな被災地の一つ、福島県いわき市の太平洋側にある薄磯《うすいそ》海岸を訪れた。原発災害前は、県下一の海水浴場だったという。だが、砂浜を歩く人影はおろか、打ち寄せる波の向こうへ広がる漁場も無期限の禁漁状態を強いられている。海岸沿いの市街地は、区画跡ばかりが残る遺跡みたいだった。かつて民宿やリゾート客相手のレストランが建ち並んでいたなんてイメージなど浮かばない。どこからか響いてくる単調な掘削機の音だけが、復興への一縷《いちる》の夢をつないでいるのだろうか。累々と貝殻が散らばる浜辺の南端には、白い灯台の立つ塩屋崎《しおやざき》が突き出ている。

「あれが、映画のモデルになった灯台ですよ」。案内していただいた地元テレビ局のディレクター、禱進《いのりすすむ》さんが指差した。昭和三十二（一九五七）年、木下恵介《きのしたけいすけ》監督の映画「喜びも悲しみも幾歳月」は、幼心に切なくも美しい映像の記憶としてある。灯台への登り道は震災で崩れ、近づけなかったけれど、登り口に映画の主題歌を刻んだ記念碑があった。この歌詞を読めばおのずと歌いたくなるのが昭和少年の性《さが》かもしれん。僕と禱さんは、誰はばかることもなく大声で合唱した。ふと、拍手に気付いて振り向けば、観光客らしい数人のグループが中年オヤジ・デュエットに喝采してくれているじゃあないか……。同じ浜沿いの小さな公園に設置されている美空《みそら》ひばりさんの歌碑から、録音された艶《つや》っぽい歌声が聞こえてくる。僕たちの下手な合唱にも、天国の歌姫ならニヤリと微笑《ほほえ》んでくれたかもしれない。その公園に、一匹の白猫がうずくまっていた。元は飼い猫だったのだろう、人を見るとすり寄ってくる。メス猫のアピールする気持ちは、痛いほど分かってしまう。

この被災地で、やむなく放置された家畜やペットたちを懸命に救おうとする人々の活動ぶりもさまざまな形で伝わってくる。無人の車道や空き地を徘徊《はいかい》するダチョウや牛たちのテレビ映像が心に焼き付いたままだ。動物たちの多くは衰弱死するものの、絶望の中で生き延びた小さな命が一年ぶりに飼い主と再会。ちぎれそうなまでに尻尾《しっぽ》を振って喜ぶ犬のワンシーンは、なんとも微笑ましかった。

その夜、いわき駅前の裏路地にある復興屋台村「夜明け市場」と名付けられた飲食横丁へと繰り出した。その中の一軒、カウンターだけの串焼き酒場「クウカイ」へお邪魔した。集った面々と盛り上がったのはいいが、厄介なことにアカペラのオヤジ・デュエットまでよみがえってしまった。

〽オイラ岬の〜灯台モーリーは〜

しばし、ほろ酔えや、歌えや。明るい朝は来るんだから……。

（二〇一三・三・二九）

アルプスの日々

飛驒《ひだ》山脈、木曽《きそ》山脈、赤石《あかいし》山脈と本州の中央部にある山岳地方を総称して日本アルプスと呼ぶ。明治政府の招きで来日したイギリス人鉱山技師が、ヨーロッパアルプスにちなんで命名した。後年、日本アルプスはそれぞれ、北アルプス、中央アルプス、南アルプスと山脈ごとの名称で登山者たちに親しまれるようになった。なかでも、華麗な山容を誇る北アルプスこと飛驒山脈の人気が最も高い。標高が三〇〇〇メートル級の山々を有し、穂高《ほだか》連峰から槍《やり》ヶ岳《がたけ》、立山《たてやま》連峰と、岐阜県、長野県、富山県、北は新潟県の四県にまたがる。冬期は、ヒマラヤ登山の経験者でさえ遭難する厳しいルートも少なくない。けれども、夏ともなれば痩《や》せた岩尾根に点々と続く登山者の列ができるほどの賑《にぎ》わいを呈する。奥穂高にある山小屋（奥穂高山荘）の収容数三〇〇人、槍ヶ岳山荘は六五〇人とテント場三〇張という規模からしても登山者の多さが推し量れる。

数日前、飛驒市の神岡町《かみおかちょう》にある芝居小屋「船津座《ふなつざ》」で講演会を終えた翌日の帰路。現地のイベントスタッフに用意してもらったタクシーで神通川《じんづうがわ》沿いの国道（通称・越中東街道）を北上して富山空港へ向かっていた。前日までの黄緑や薄緑の新芽を湛えた早春の山肌は一変し、降り注ぐ淡雪の化粧の最中だった。淡い緑とのコントラストが、えも言われぬ渓谷風景を見せている。この峰々の裏に聳《そび》える山岳・槍ヶ岳へ連なる穂高連峰、大キレット（岩稜の大きく切れ込んだ痩せ尾根）へと、思いを馳《は》せていた。

「お客さん、山が好きなんですね〜。昨日の講演で話してましたね」。タクシー運転手がチラッとバックミラーをのぞいて言う。会場に入りきれなかった人々が多かったらしい。舞台と客席が一体となって弾けたトークショーの噂《うわさ》は、同夜のうちに町の酒場へ広まっていた。ドライバーは、山岳登山に詳しそうな口ぶりだった。

「この商売ですから、酒は一滴も飲みません」。深夜にお呼びがかかっても対応できると強調する。渡された名刺を見ると、元巨人軍の国民的プロ野球監督Kさんと同姓同名だった。朴訥《ぼくとつ》ながら、せきを切ったように話し始めた。もう何人もの遭難者の遺体を搬送したという。遺体の搬送用に改装した車で、全国各地へ亡骸《なきがら》を届ける。棺《ひつぎ》を使うことが法的に許されておらず、遺体は運転席脇へ仰向《あおむ》けの状態で横たえて運ぶ。

「だから、心で話しかけながら行くんですよ」。家族の元へ一刻も早く着くようにと走らせ、スピード違反で停車を命じられたことがあったようだ。夏の夜、事情を知ったハイウェイパトロールの警官はパトカーでの先導すら申し出た。「お葬式が終わったら仏様ですが、それまでのご遺体は神様だと思うことにしています」

空港へ着いての別れ際。「僕の顔は、とても怖い形なんです」と、はにかんで帽子を上へずらせた。「いいえ、かわいいお顔ですよ」と返事して、空港ロビーへとキャリーバッグを引いた。

機上の窓からの眺めは、北アルプスを覆った分厚い雲の海。初めて奥穂高岳を歩いた時のことが思い浮かぶ。天候は、曇りで無風。天空の岩山に冷気が張り詰め、遠い下界からは生き物の気配も聞こえない無言の時空。ただ、時折、自然崩落する岩雪崩《いわなだれ》が乾いた轟音《ごうおん》を立てて下方に消えてゆく。

あの緊張感、今のこの肉体は耐えうるだろうか……。

（二〇一三・四・三〇）

民謡は北前船に乗って

通信手段がインターネット時代となった昨今、郵便封筒による便りはかえって新鮮な感じを受ける。その封筒は、仕事場へ送られてくる書類に交じっていた。丁寧な文字で便箋へしたためられた内容は、岐阜県飛騨市神岡町に伝わる祝い唄を披露《めでた》してくれた男性からのものだ。以前、神岡町の芝居小屋「船津座」で開かれた僕のトークイベントに、飛び入り参加してもらった地元民謡保存会のメンバーの一人だった。いきなりステージへ呼び込まれた驚きと感謝の言葉に、飛騨地方の宴席で歌い継がれていた祝い唄の資料が添えてあった。

飛騨の祝い唄は〝みなと〟と呼ばれ、ルーツが能登《のと》半島の輪島《わじま》、七尾《ななお》、富山湾の岩瀬浜《いわせはま》など、日本海沿岸で歌われた大漁歌の一種「まだら節」だった。歌い方の特徴は、日本古来の節回し「陽旋法《ようせんぽう》」に属し、三味線《しゃみせん》や琴で奏でるような半音を含まない。しかも「まだら節」は、佐賀県沖の玄界灘《げんかいなだ》に浮かぶ小さな島、馬渡島《まだらしま》が発祥といわれている。また馬渡島の名称は、大陸から初めて日本へ馬が渡ってきたことにちなむとされる。してみると「まだら節」

が、日本海の海路を背景として、富山湾の港・岩瀬浜から内陸部の飛騨地方へと伝播《でんぱ》した事実や、〝みなと〟の呼称も納得できる。

一方、北海道の民謡も然《しか》りだろう。「江差追分《えさしおいわけ》」、「松前節《まつまえぶし》」、北海道でも歌われていた津軽民謡「謙良節《けんりょうぶし》」のルーツを辿れば、津軽海峡を渡って越後《えちご》へ、さらに内陸部の長野県小諸《こもろ》あたりの馬子唄《まごうた》へと遡れる。これら庶民芸能を象徴する民謡は、江戸時代の中期ごろ、当時の物流の要《かなめ》だった北前船《きたまえぶね》によって伝わっている。歌は無形文化財の一つ、当然担い手は人だ。評判となった人気の歌い手も少なくなかったに違いない。

以前、瀬戸内の岡山県倉敷《くらしき》市、瀬戸大橋の付け根にある下津井《しもつい》港を訪れたことがある。北前船の重要な寄港地として知られ、北前船の船頭衆で賑わう花街もあった。その酒宴で歌われたのが下津井節。船頭衆の歌声に合わせて、芸者衆が踊った。そのせいか、下津井節には客と遊女の色っぽい掛け合いの歌詞が織り込まれている。そんな下津井節を歌い継ぐ老女の話が印象深かった。発声練習は波へ向かい、自分の声が沖の舟へ届けとばかりに、血のにじむまで繰り返したそうだ。二度と会えないかもしれない北前船の船頭衆の一人へ、むなしいラブコールを節に乗せて歌う遊女の姿が浮かぶ。瀬戸海《せとうみ》へキラキラと金色に反射する深紅《しんく》の夕日。下津井港は瀬戸内でも有数の夕焼け絶景ポイントだ。

民謡は歌われる土地の風土を反映しているという。峠道へ木霊《こだま》した馬子唄、津軽海峡の厳しい季節と対峙《たいじ》する松前半島の生活感情が、多くの共感を呼んだに違いない。それが船頭衆の舟唄として各地へ広まった。北前船の積荷は、米、酒、和紙と北海道の海産物だけじゃあなかった。人の出会いと惜別の悲しみ、もろもろの思いを乗せていた。だからだ、民謡が哀調を帯びているのは……。

（二〇一三・五・三〇）

美しい景観に寄り添う

日本列島のシンボルとしてある富士山が、やっとのことでユネスコ（国連教育科学文化機関）の世界文化遺産の認定を受けた。これに、静岡県の三保松原《みほのまつばら》が含まれたことで感激して涙ぐむ関係者もいた。葛飾北斎《かつしかほくさい》の「富嶽《ふがく》三十六景」のように富士山を借景とする山水画の美が、諸外国で理解されたことは快挙だろう。もちろん、世界遺産の会議場での近藤誠一《こんどうせいいち》文化庁長官（当時）をはじめとするメンバーのロビー活動が実ったこともニュースとなった。

独立峰の富士山のみではなく、環境美としての評価に期待が持てる。このニュースを聞いて沼津《ぬまづ》市にある千本松原《せんぼんまつばら》が浮かんだ。酒好きだった歌人・若山牧水《わかやまぼくすい》の保存運動によって伐採をまぬがれたところだ。北斎の富嶽絵と同様、牧水の富士山を望む景観の保護という発想が活かされたことにもなる。いずれにしてもこの世界遺産認定の報は、日本列島の全てが地球規模で注目され始めた兆しのように思える。

時折、ほろ酔いの勢いも手伝って、北海道ならまるごと自然遺産じゃあないか、と口走る癖がある。人は、遅まきながら地球の環境問題がグローバルな視点でしか解決できないことに気付いた。自然と人の理想的な共存エリアとして、北海道がそのモデルとなる可能性を否定する理由はないだろう。

先日、東日本大震災の傷痕《きずあと》が残る宮城県の気仙沼《けせんぬま》漁港を訪れた。三陸《さんりく》沖のカツオ漁が最盛期へ向かう時期とあって、漁港での水揚げは淡々とした中にも活況を呈していた。一本釣りの船からベルトコンベアに乗ってこぼれ出すカツオの光景は、近海の豊饒《ほうじょう》さを物語っている。漁港としての機能を優先する復興は、大きく前進しているように映る。ただ、地震によって地盤沈下した商店街は高台への後退を余儀なくされていた。それでも、震災以前の住み慣れた土地に執着する人が少なくないという。

「合理的な漁港施設と、観光風景の融合というプランには賛成です」。ある地元NPO団体でボランティア活動をするママさん活動家が応じてくれた。観光客の訪れてみたくなる漁港や、かつてのように棚田が復活した瀬戸内の島々。単なる夢物語なのだろうか。僕は旅の中で、美しい風景に人の暮らしが寄り添う例を少なからず見てきた。三保松原や千本松原だって人の手によって造られた。もともと風光明媚《めいび》がウリの東北の海岸線、期すれば叶うは道理。

その夜、招いていただいた地元の人たちとの懇親会で、とびっきり鮮度のいいカツオの刺身と地酒に舌つづみを打った。いつものことながら、東北の人々の素朴な人当たりの良さには酔わされる。あげくの果ては、ホテルへいかに辿りついたか記憶がない。翌朝、ふとアルコール性の急性肝硬変で逝《い》った牧水や、度の過ぎた飲酒で身を持ち崩した種田山頭火《たねださんとうか》、はたまた依存症ともなった明治期の文人・大町桂月などの顔がバスルームの鏡にオーバーラップする。

「昨夜の参加者の盛り上がりようは、尋常じゃあなかったですね」と、ホテルへ見送りに来た懇親会の主催者男性の一人。

「『愉《たの》しさ×10倍〜！』って大の中年紳士が、叫んで帰りましたよ」。ママさん活動家が付け足した。

その一言で、萎《な》えそうな僕の体も魂も癒やされてしまう。先の津波被害で気仙沼市の犠牲者は一三五〇人以上と伝わる。しかし、乾杯したどの眼差しもキラキラとプラス思考に輝いていたことだけが印象深い。そんなわけで、僕の酒縁の旅もやみそうにない。

（二〇一三・六・二八）

福岡空港の待ち合いロビーで、見覚えのある中年女性から声をかけられた。なんと、近自然工法という土木技術で荒れた網走川の復元にも取り組んだ福留脩文《しゅうぶん》さんの夫人だった。聞けば、奄美大島《あまみおおしま》から高知への帰路らしい。

「主人は、向こうにおりますよ」。夫人の促す方へ視線を向ければ、フロア隅のベンチ脇で会釈《えしゃく》する福留さんの懐かしい顔がある。だが、僕は初めて見る福留さんの車椅子姿に、しばし戸惑った。

「絶滅危惧種《きぐしゅ》のリュウキュウアユを救うプロジェクトが始まったんぜよ」。戸惑いを遮《さえぎ》るかのように、福留さんはいきなり本題から切り出した。「奄美大島の住用川《すみようがわ》の河口はマングローブの北限域となっており、リュウキュウアユをはじめ希少な動植物が棲息。世界自然遺産を目指す重要な河川……」と、報じた地元新聞の記事を示しながら語る。それには、〝川の外科医〟こと福留さんも一役買う。骨盤治療のせいで車椅子の使用を余儀なくされているものの、いきいきとした表情は、川の生態系の復元という生涯の夢が実現しつつある充実感に溢《あふ》れていた。

アユの棲息状況は河川環境の良し悪《あ》しを表すバロメーターとも言える。古くから「香魚《こうぎょ》」の美称を持ち、上質のアユは朝廷への献上物として珍重された。奈良時代から続く岐阜県長《なが》良川《らがわ》の鵜飼《うかい》はその名残《なごり》とされている。数年前、「利《き》き鮎《あゆ》大会」のあることを知った。全国から集められたアユの味比べで、トップは河川名ともども発表される。大会の発祥地は、清流河川の多い高知県だ。清流育ちのアユは、西瓜《すいか》の香りがするといわれる。さらに、その味の違いで産地の河川名を当てるアユ通《つう》がいると聞く。少年期を過ごした郷里の仁淀川上流域のアユは、小ぶりでスマートな魚体と雑味のなさが特徴。渓谷の透明な水質は〝仁淀ブルー〟と呼ばれるようになった。アユの味は、そのまま棲息域の水質を反映している。

この夏、ひときわ忘れがたい独り酒を経験した。仁淀川の大きく蛇行する下流へ屋形船を浮かべての独り酒は、川底の小石までくっきりと見える鏡のような川面《かわも》を渡る初夏の風とウグイスの音色。大皿に盛られたアユの塩焼きと、旨味《うまみ》の詰まった手長エビの素揚げがお膳を彩る。酒は、もちろん仁淀川の伏流水を使った仕込み水で醸《かも》している。ラベルは〝仁淀ブルー〟の語を誕生させた写真家・高橋宣之《たかはしのぶゆき》さんの撮った写真、透明な水中で小魚を捕まえるカワガラスの光景が使われていた。人が青色の世界を愛おしむ性質は、列島の環境が育んだに相違ない。エメラルドの輝きを放つ沖縄のサンゴ礁《しょう》、深いマリンブルーが眩《まぶ》しい土佐の荒海、鮮やかに澄み渡るサロマブルー、とさまざま。

そして、神秘的な深みを持つ積丹《しゃこたん》ブルーの半島へは、先日訪れたばかりだ。いずれの景色も、抜けるような晴天の青がなければ実現しない。

「日本海にあんなブルーがあるなんて、エーゲ海へでも来たのかと思うたわ」。積丹ブルーだけが目的で旅程を組んだ高知出身の女性シンガー・ソングライターの言葉がよみがえる。僕もギリシャ神話に登場する海の神ポセイドンの青い瞳《ひとみ》をイメージした。今や、積丹ブルーは海外の観光客をも魅了している。

積丹半島の夜、もう一つのサプライズに美国《びくに》神社の火祭りがあった。クライマックスは、三メートルに届かんとする火炎を突っ切る火渡り。境内《けいだい》の参道に用意された二カ所の火炎を三度くぐり抜ける。まず、天狗《てんぐ》姿の猿田彦《さるたひこ》に扮《ふん》した屈強な青年が渡り、時を置いて女神輿《みこし》、大神輿と続く。数秒間は灼熱《しゃくねつ》の火炎に生身をさらす神事。観客は凄《すさ》まじい熱気と迫力に圧倒される。

この様子を天上で見守る神々の瞳に、開拓魂の一灯が映っているかもしれん。


（二〇一三・七・三一）

北限との出会い

二〇一三年の夏、列島は記録的な猛暑に見舞われた。それにしても、最高気温四一度を観測した高知県四万十市《しまんと》のニュース映像がおかしかった。「日本一の暑さだ」とばかりに、ピースサインを出す若者たちがいたからだ。それが渋滞するほど観光客を呼んだという、おまけ付き。どうやら、良し悪しにかかわらず、突出した事柄を誇る風潮は珍しくなさそうだ。北海道では「北限」が自慢のタネになる。

初めて北限を意識したのは、黒松内町《くろまつないちょう》のブナ林を訪れた時からだった。もともと、本州の中部山岳から秋田、青森へかけ、ブナ林の分布帯を旅していた経緯がある。そのブナ林の北限が黒松内町の歌才《うたさい》にあった。僕の目的は渓流釣りだったが、イワナの棲息域もまたブナの天然林に守られた清流に限られる。そのブナ林の代表格だった白神《しらかみ》山地は、平成五（一九九三）年、世界自然遺産に登録された。ただ、その理由の一つとして、世界最大級の広さが挙げられていたことに驚いた。地球上に占める日本の面積はごくわずか。その列島の中の一部を占めるにすぎない白神山地。ブナの森の希少な環境が推し量れる。

樹齢二〇〇年前後の成熟したブナの森は、まるで妖精の住むお伽《とぎ》の国みたいな景色を呈する。樹々《きぎ》の間隔がバランスよく開けており、人の進入がたやすい。山ひだには豊富な湧き水のせせらぎが木霊し、その滴《したた》りを蕗《ふき》の葉で受けて飲む。ブナの山へ入れば〝水要らず〟と言われる所以《ゆえん》だ。そんなブナの森は、絶えず伐採の危機にさらされてきた。歌才のブナ林も過去に二度の危機を乗り越えていた。今は、ブナ林の研究者やボランティアたちによって保護されている。

二番目に体験した北限は、列島の最北端の蔵で醸す酒の味だった。増毛町にある国稀酒造の酒で、軟水の仕込み水を使う土佐酒と似ている。また、増毛には、リンゴ、梨、さくらんぼといった果樹園があり、同じく北限をうたっていた。びっしりと実ったプルーンの樹から、紫色の大粒に直接かじりつく醍醐味《だいごみ》は格別。さらに、稲作の北限は遠別町《えんべつちょう》とされている。そして遠別町の内陸部にある音威子府村《おといねっぷ》が、蕎麦《そば》の産地の北限らしい。と、まあ、北の大地なのだから、何かと北限の枚挙にいとまがない。

「日本式城郭建築の最北の城です」。松前町観光の振興に熱心な町職員の一人からの説明。先週訪れたばかりの松前城でのことだった。幕末以後の築城はあり得ないから、城の北限と位置づけてもかまわないだろう。再建された城の石垣に残る戊辰《ぼしん》戦争の砲弾跡が印象深い。土方歳三《ひじかたとしぞう》らの率いる旧幕府軍の七〇〇名ほどの軍勢に攻められて、わずか数時間で落城したと伝わる。確かに、城郭の外観に威圧感は感じられない。そんな守りの脆《もろ》さを聞かされたせいだろうか、松前城への親しみさえ覚えた。

「そうそう、近くに北限の孟宗竹林がありますよ」と、町職員の案内に従った。安政《あんせい》年間(一八五四〜六〇)、松前藩の重臣によって佐渡《さど》から移植された孟宗竹らしい。温暖湿潤の気候に育つ孟宗竹は、放置すると他の植生を枯死させてまで繁殖する。寒冷な北海道の地で目の当たりにする北限の竹林。北海道の各地で花の名所を実現させたソメイヨシノみたいに歓迎されるのだろうか。植物の発揮する環境への適応力は、人の想定範囲を超えるのが常かもしれん。

もう一つ、心残りの北限に、アユ料理がある。せっかく訪れた余市川《よいちがわ》沿いのレストラン。あいにく、アユ漁の解禁日前だった。よそのアユなら食わせられると聞いて注文した。「ん、この味どこかで食べた覚えがある」。そう思って尋ねてみたところ、「高知県の四万十川産ですよ」。なんと、郷里の味だった。

（二〇一三・八・三〇）

冒険という名の少年

二〇一三年の夏は、北海道の大雨情報をたびたび耳にした。降雨量の少ない道東も例外ではなかったようだ。女満別《めまんべつ》空港から網走への車窓、稲の収穫作業の進む光景と青々とした森林風景が視界に広がる。滔々《とうとう》と流れる網走川の下流域は、ひときわ豊かな水量を誇っているかのようだ。

「網走川のサケの漁獲量が、道内でもダントツの六〇万匹なんですよ」。網走市民大学講座イベントを終えた後、懇親会で同席した地元漁師の新谷哲章さんが目を輝かせて語った。網走市河川等漁場環境保全対策協議会の会長でもある。網走のサケの水揚げが、川も海も日本一となった喜びは隠せない様子。近自然工法の土木技術の先駆者、〝川の外科医〟こと福留脩文《しゅうぶん》さんと親交が厚く、共に網走川の河川環境改善を図ってこられた方だ。その福留さんと前日まで一緒だったらしい。新谷さんは懇親会後の深夜二時から、漁場での作業を控えているという。漁業や農業に携わる人々の昼夜を問わない勤勉さには、いつもながら敬服させられる。そして、誰もが人生へのアクティブな姿勢をうかがわせる。

そんな出会いこそ、旅の醍醐味と思ってはいるものの、ふと一抹の不安が浮かぶ。それは、我が旅の移動距離の長さとスピードに対するものだ。性急すぎることで、忘れ物をしていそうな気が時々する。現住所を尋ねられて、返答に窮することもたびたびある。ここのところ、ホームグラウンドの東京でさえ中継基地みたいになった。あまりの目まぐるしい日々に、「現住所は空港か、列車の中です」などとジョークで応じたりする始末。

僕の札幌の定宿《じょうやど》からJR札幌駅へは、車で約一〇分の距離にある。その定宿から、ちょうど一時間後に出発する仙台行き飛行機に搭乗できた。タクシー、列車とも移動中に清算を済ませ、脱兎《だっと》のごとくダッシュしまくった。

「ちょっと、無理ですねえ」とは、途中の列車乗務員の話だ。折しもその日、宮沢賢治作の童話『風の又三郎《またさぶろう》』に言及した一文をまとめたばかり。黒色のクレヨンでグルグルと描いた渦巻状のつむじ風となった又三郎が、地球をひと巡りして仲間たちのいる小学校へ戻り、また、そのまま去っていく、という内容にパロディー化した。「今度、そんなつむじ風を見かけたら、僕は迷わず乗っかるつもりだ」と締めくくった。

機上の客となって、津軽海峡の上空から外を見渡せば、秋のすじ雲の漂う青い地球と天空の景色。心の底まで晴れ晴れとした気分が味わえる。さらに三〇分も飛べば、パッチワークのような彩りの田園風景の向こうに仙台空港が望める。数時間後には、福島市のホテルで地元の人々との酒宴が控えている。その席の余興に僕の歌を披露する予定になっていた。一九五〇年代に黒人歌手エイモス・ミルバーンの歌った「Bad Bad Whiskey」という曲だ。初期のリズム&ブルースのジャンルに入る。日本でこの曲が歌われるのは初めてらしい。僕の関わるテレビ番組のサントラ盤CDに収められ、発売することが決定している。オリジナルの歌詞の中から「さ迷う人生　玉突きゲーム」と和訳した箇所がある。さまざまな人との出会いのもたらす人生の機微には、絶えず転機が伴う。思いも寄らなかった成り行きに、多少の戸惑いがないわけではない。

「だから人の世は面白いのよ」。飄々《ひょうひょう》と生きる楽天家で『超隠居術』を著した親しい先達、坂崎重盛さんの言葉がよみがえる。僕の歌声、まずは東北の人々に多少なりとも、元気が伝わると嬉しい。

自らを振り返れば、山野を獣みたいに駆け巡って遊ぶ冒険好きの少年。小学生の時に郷里を離れてから、半ば漂泊の人生だった気がする。ひょっとすると、あの時から僕は、又三郎の化身したつむじ風に乗っていたんじゃあないだろうか。

（二〇一三・九・三〇）

悠々として隠居術

東京・神田《かんだ》に、明治末期の創業という居酒屋「みますや」がある。建物は戦災をまぬがれており、レトロな店構えが趣深い。古書店が軒を並べ、出版社の点在する場所柄、俗に文化人と呼ばれる客たちも多い。

先日、何カ月ぶりかで店の縄暖簾をくぐった。店内は、テーブルを設置した土間と小あがり、広い座敷席からなる。いつもどおり満席だったけれど、店主が僕の定席のテーブルを用意してくれていた。すると、賑わう奥の座敷席から、聞き覚えのある呼び声がかかった。古くから親交のあるエッセイスト、坂崎重盛《さかざきしげもり》さんだった。飄々として生きる趣味人としても知られ、エッセイに〝隠居術〟を説くなど、言わば玄人《くろうと》好みの作家だ。互いに気が向けば、句会や取材旅行と称しては酒宴を催す遊び仲間の一人。以前、「朝飲み」と題する雑誌の飲み歩き特集で、一日に一四軒のハシゴ酒をご一緒する羽目となった経緯がある。

「装幀家《そうていか》の間村俊一《まむらしゅんいち》さんを紹介しますよ」と、髭面《ひげづら》で恰幅《かっぷく》の良い紳士を伴い、僕の腰かけた土間のテーブルへ移ってきた。間村さんとは初対面ながら、〝乾杯〟の一瞬で意気投合した。どこか似通った感性の共有者たることは、無邪気な笑顔が証明している。ところがこの日の午後、僕は青山《あおやま》でSホールの酒イベントでカクテルを呷《あお》り、その後、週刊誌の酒場取材をこなしていた。一軒目がスペイン風酒場のバル、次いで鳥料理専門店とハシゴ酒を重ね、そして最後に辿りついたのが「みますや」だった。もっとも、中休みと称してカフェへ立ち寄り、生ビールの中ジョッキを二〜三杯ひっかけたらしいが、もはやうろ覚えだ。

期せずして顔合わせとなった酒好き中年男の三人。盃も会話も、進むわ、進むわ。もう一軒の酒場を回ったところでお開きとなったケースは珍しい。ともあれ僕は、翌早朝から、札幌、福岡、高知と行ったり来たりの旅スケジュールが控えていたので致し方ない。終始ご満悦の笑い酒だったことは記憶にあるものの、肝心の間村さんの情報が乏しい。宮沢賢治に詳しい俳人であること、札幌の俳句仲間・五十嵐秀彦《いがらしひでひこ》さんの処女句集『無量』（書肆《しょし》アルス刊）が話題へ上ったことくらいしか思い返せなかった。

そして、数日を経て東京へ立ち戻った束《つか》の間、タイミング良く間村さんからの郵便物が届いた。中身は、銀色の文字で「鶴の鬱《うつ》」と記されたゴージャスなブックケースに入ったハードカバーで、間村さん自身の第一句集（角川書店刊）。表紙が絹地のつむぎで四六判の変形サイズと凝ったもの。また、赤文字でプリントされた帯文が絶妙。詩人・高橋睦郎《たかはしむつお》さんの句読点を一切使わない経文《きょうもん》さながらの文章で、しかも軽妙洒脱《しゃだつ》。跋《しりへかき》とルビされた高橋さんのあとがき文からの引用だった。

ざっと句集をめくると、「恐ろしき晝《ひる》の月あり百閒忌《ひゃっけんき》」の句が目にとまった。奇想天外な発想と酒豪ぶりで知られた作家・内田《うちだ》百閒の〝閒〟の一字を、句集の作者名に「閒村」と反映させているのは偶然だろうか。ひとまず、僕が帯に一文を書かせていただいた五十嵐さんの句集と合わせて、旅行用のキャリーケースに詰めた。数時間後、大宮《おおみや》駅から新潟へ向かう新幹線の車中、二冊の句集を見比べるうち、記憶に淀んでいた酒縁の謎が解けてきた。

双方の句集とも間村さんの装幀じゃあないか。写植文字にこだわった丁寧な手仕事の跡がうかがえる。五十嵐さんの処女句集の序文へ寄せた俳人・黒田杏子《くろだももこ》さんの文中にも間村さんの名がある。とにかく、両句集の版元の発行人を含め、縁浅からぬ人々だったと判明した。

句集の帯の背の部分へ記された高橋睦郎さんの「稀《き》なるかな 奇なるかな」の二言が、疾走する車窓を追いかけてくるような気がしてならなかった。

北の大地の光と影

新千歳《しんちとせ》空港へ降り立ってほどなく、携帯メールの着信に気付いた。見れば俳句仲間でエッセイストの森下賢一《もりしたけんいち》さんの訃報《ふほう》と、数日後に執り行われる葬儀の案内だった。天寿を全うされたとはいえ、肋骨《ろっこつ》の一本がぽろっと抜け落ちたような寂しさを覚える。

「俳句にのめり込んだら、生活の破綻《はたん》もあり得ますな」。句会を始めて数年経《た》ったころの話題だった。淡々とした語り口が偲《しの》ばれる。確かに、俳句三昧《ざんまい》の日々を送って家庭生活がままならなかったという話はよく聞く。

偶然、札幌へ向かうJRの車中でお会いした俳人・宇多喜代子《うだきよこ》さんのエピソードも面白い。俳句など始めたら山頭火みたいに没落するからと、祖母に諫《いさ》められたらしい。宇多さんと同じ山口県出身の山頭火だけに、酒と俳句で身を持ち崩した話はリアルだったのだろう。

翌日、〝俳句のまち〟を掲げる石狩市へ足を運んだ。幕末の安政三（一八五六）年に、俳句結社「石狩尚古社《しょうこしゃ》」が創設されるなど俳句の歴史は古く、近年、石狩尚古社資料館も開設している。館長の中島勝久《なかじまかつひさ》さんに話を伺うと、尚古社のリーダー格だった俳人・鎌田池菱《かまたちりょう》は

（二〇一三・一一・一）

中島さんの曽祖父にあたる。池菱は、明治政府への農民一揆《いっき》的な武装蜂起《ほうき》〝秩父《ちちぶ》事件〟に敗北して逃れてきた自由民権派の井上伝蔵《いのうえでんぞう》を匿《かくま》い、優れた俳人として尚古社へ迎えている。伝蔵は、江戸時代前期の俳人で「目には青葉山ほととぎす初鰹《はつがつお》」の句で知られる山口素堂《やまぐちそどう》の俳風を継ぐ俳諧《はいかい》宗匠の家系だった。いずれにしても明治時代、石狩俳壇をはじめ北海道の日本海沿岸部の俳句活動は、驚くほど盛んだったことがうかがえる。

同日の夜は札幌市内のホテルにて、俳人・飯田龍太《いいだりゅうた》さんの流れをくむ俳句結社「北の雲」の主宰・勝又星津女《かつまたせつじょ》さん夫妻と一献傾ける運びとなった。こちらも嬉しいハプニングの出会い。俳句が生活の第一義だと言い切るご夫妻との俳句談義に、終始圧倒されっぱなしだった。

そして数日後、北見市常呂町の俳句イベントで交流のある常呂町の俳句結社「蛙声会《あせいかい》」の主宰・笠井《かさい》操《みさお》さんからの便りを受け取った。文面は、新潟県北魚沼《きたうおぬま》郡出身の祖父の俳句作りが高じて田畑《でんぱた》を失《な》くし、大正七（一九一八）年に網走市へ移り住んだ、とのくだりから始まる。「酒と発句《ほっく》（俳句）作りに夢中だった男の成れの果て」と形容しつつも、祖父への思慕が伝わる。以来、笠井家では酒と俳句はご法度《はっと》だった。ところが、笠井さんの俳句活動を知った父親は大いに喜び、祖父から譲り受けていた家宝の掛け軸を託されたそうだ。これを機に、笠井さんは句作への熱意が高まったと記している。

残念ながら、同封された写真の掛け軸に書かれた草書体の一句は判読し得なかった。文語体の伝統俳句を真摯《しんし》に継承する笠井さんの手紙は、あえて茶目っ気ある句「香に噎《む》せて泣く熱燗の深情《ふかなさけ》」で締めくくられている。熱燗を注いだ猪口《ちょこ》を口へ運ぶ直前に噎せてしまった時に詠んだ、と書き添えてあった。

時として、人の苦悩を救済するのは言霊《ことだま》としての詩歌かもしれん。それと北海道人に見受けられるあっけらかんとしたおおらかさだ。以前、えりも町の牧場で「調教してあるから」とすすめられてドサンコの裸馬に乗ったことがある。その途端、ドサンコ馬は跳ねてロデオ状態になった。振り落とされなかったのは奇跡的。「うちのドサンコは全て調教してあるから、三歳の女の子が乗っても大丈夫ですよ」。空港で遭遇したムツゴロウさんこと畑正憲《はたまさのり》さんがおっしゃった。いきなり跳ね回ったドサンコ、実はムツゴロウさんから譲り受けたものだった。「やっぱり、おおらかなんだ」。心の中で、そうつぶやくにとどめた。

（二〇一三・一二・四）

妖精の棲む森へ

二〇一三年の暮れに公開されて大ヒットした映画に、三次元コンピュータグラフィックス（3DCG）の技術を駆使した「ゼロ・グラビティ」がある。スペースシャトルの大破という突発事故に巻き込まれた二人の宇宙飛行士が、地表六〇〇キロの宇宙空間で繰り広げるサバイバル劇だ。観客は3D眼鏡《めがね》をかけての鑑賞となる。リアルすぎるほどの映像に、宇宙酔いを起こす観客が出たという評判つき。僕も、飛び散るシャトルの破片に思わず身をかわしていた。映像のスピーディーな展開に息つく暇もない。確かにバーチャル・リアリティー（仮想現実）で体験する無重力空間の映像化は画期的。スタンリー・キューブリック監督の「2001年宇宙の旅」（一九六八年公開）以来の衝撃的なスペース映像だろう。

ただ、終始画面の背後に浮かぶ青い地球の存在が気にかかる。北半球へかかった渦巻く雲海の下には山脈が連なり、氷河期を生き抜いたイワナの棲む渓谷がある。地球映像の細部に注目しつつ、列島風景を空想していた。

もともと僕の旅は、中部山岳地方の渓谷へ分け入る日々に端を発している。そして四〜五年の後には、北海道の地へとフィールドを広げた。ヒグマをはじめとする野生動物たちとの遭遇、たちまち北の大自然の虜《とりこ》となった。

「この大ヒグマを仕留めたのは、熊撃ちの師匠と俺だわサ」。僕はKさんの居間の壁に飾られたヒグマの毛皮を見上げながら聞いていた。フィクションとも実話ともつかない熊撃ちのストーリーが頭の中に錯綜《さくそう》する。大ヒグマとは、推定四〇〇キロを超える十歳前後の雌。通常、雌のヒグマは雄よりひと回り小ぶりとされる。雌のサイズとしてはかなりの巨体。Kさんは、冬眠用の決まった熊穴を持たず、雄のヒグマのように単独で放浪していた、と分析する。しかも、何年か前に子熊を撃ち獲《と》られた母熊のようだ。僕は、ひそかに〝ビッグママ〟と呼ぶことにした。トムラウシの熊撃ちに追われ、大雪山系から天塩岳《てしおだけ》へ逃れてきた。ビッグママの噂は地元ハンターにも広まっていたが、ただ大型のヒグマというだけの情報だった。

「地元ハンターが取り逃がしたって話を小耳にはさんだのサ」。ハンター仲間の酒席に参加していたKさんが初めてビッグママのことを知る。地元ハンターに発見されたビッグママは、遠巻きの位置から一斉射撃を受けても悠然と逃げおおせたらしい。

「そりゃあそうさ、一発も喰《く》らってないんだから」。Kさんは得意げに言う。誰の弾もビッグママには当たらず、かすり傷さえ負わせなかった。

結局、ビッグママは「山の神」と恐れられ、誰も後を追うことはなかった。最年少だったKさんは自分のライフルでビッグママを仕留め、皆の鼻を明かそうと企む。さっそく、師匠筋の熊撃ちに相談した。師匠は引退を決め込んでいたものの、Kさんの説得に応じる。

幾冬かを生き延びたビッグママ。しかし、名うての熊撃ちとして知られた師匠の追跡は執《しつ》拗《よう》だった。雪化粧した大地での、ヒグマの発見はたやすい。間一髪、ビッグママは見覚えのある南斜面の熊穴へ潜り込んだ。無論、入り口付近に目立つ足跡を残さぬよう偽装工作は怠らなかった。

「思ったより広かったんだねえ」。ビッグママはやっと一息つけた。しばらく待てば宵闇があたりを隠してくれる。うとうと微睡《まどろ》み始めて幾ばくとも知れない時が流れた。すると、すーっと冷たいパウダースノーが鼻先へ舞い降りてきた。不思議に思って見上げると、天井に丸い小さな穴が開いている。そして、何かが光った。

「あっ、星が瞬いた」。ビッグママが、安堵《あんど》してもう一度目を閉じようとしたその時。丸い穴から炎がぽーっ、ぽーっと落下してきた。天井の穴は熊撃ち師匠の策略、枯れ草に火をつけて投げ込んだもの。ビッグママは燻《いぶ》されて熊穴を飛び出した。〝ズドン〟。正面の岩陰に待ち構えたKさんがライフルをぶっ放す。と、ここまで伺ったところで、Kさん宅をおいとました。

翌朝、札幌へ戻って天然林で鳥獣保護区の円山《まるやま》へ行った。そこに僕の好きな一本の巨樹がある。今は、それをビッグママと呼んでいる。


（二〇一四・一・七）

白銀の愉しみ

札幌市内の移動手段は、もっぱらタクシーに頼っている。積雪で道路幅の狭くなるこの季節。ベテランドライバーにとっても少々厄介らしい。軽い接触事故が多発するという。それにしても僕が乗り合わせたタクシーは、雪道を物ともしない運転ぶりだった。

「そんなにスピード出してスリップしないのですか」。思わず声をかけた。「そりゃあ滑るさ、アイスバーンになってるからね」。丸顔を緩ませての語り口は、なんだか降雪に心弾ませている。

「毎年、さっぽろ雪まつりが楽しみだったね」。さっぽろ雪まつりは、昭和二十五（一九五〇）年に大通《おおどおり》公園で地元の中高生が雪像を作って遊んだことから始まったイベント。今や、日本の冬景色には欠かせない風物詩の一つとなった。タクシードライバーはハンドルさばきも軽やかに、雪まつりの思い出話を続けた。しかし、次の瞬間、いきなりの急ブレーキで、ガツンとタクシーが停《と》まった。見通しの良い直線道路の前方に、他の車も通行人の飛び出しもない。どうやら急停止したのは、スリップを僕に体験させたかったからしい。だが、ドライバーの思惑は外れた。何事もなかったかのように運転を再開するも、またぞろ不意打ち気味の急ブレーキ。これまた、スリップには至らなかった。結局、タクシードライバーの試みた都合三度のスリップ実験はいずれも失敗。急ブレーキを踏むたびにタクシーはピタリと停まった。後部シートの僕は、後続車からの追突が気が気ではなかった。

「スタッドレスタイヤの性能が上がりましたね」。そう言い置いてタクシーを降りたが、苦笑いで応えるドライバーの表情は想像するまでもない。

後日、より積極的にパウダースノーと遊ぶ人々とニセコで出会った。外国人スキーヤーたちだ。ゲレンデの正面入り口にあるバス停にさしかかって驚いた。二〇人ほどの待ち合い客の中に、日本人らしきは皆無。ほぼ全員がオーストラリア人や欧米人だった。

「とても日本とは思えませんよ」。まさしくニセコ地元民の言葉を裏付けていた。スキーヤーにとっては極上のパウダースノーと、羊蹄山《ようていざん》の雪景色が満喫できるニセコアンヌプリ山麓。とにかくも外国人から熱い視線を注がれている。

人と同じように雪遊びの好きなヒグマの話を、知人のハンターから聞いたことがある。場所は雪の引き締まる春間近のウエンシリ岳の奥。巣穴から出てきたばかりの母ヒグマと二頭の子グマが、谷の向かい側斜面で奇妙な動きをしている。ハンターが双眼鏡で窺《うかが》えば、雪滑りに興じる子グマと、それを見守る母ヒグマだった。滑って降りては斜面を登り、またそれを繰り返す。雪の斜面に幾筋もの滑り跡が認められた。冬眠中に付いたダニを落とすための行動とされるが、全くそんな様子はなかったらしい。

「無邪気なんだワ。母さんグマが目を細めるようにして眺めてるのさ……」。さすがに知人のハンターもライフルを構えることなく下山したという。人里離れた大自然の懐で、雪に遊ぶヒグマの母と子。絆《きずな》の強さは、人の想像をはるかに超えると聞く。ハンターが、神々の創作した物語をのぞき見た心持ちだったとしても不思議じゃあない。野生のドラマを秘めた山は、真綿のような雪のシーツにくるまり、深々と眠っている。この時季、野生動物に代わって人々が遊ぶ。

我が郷里の四国山地のツキノワグマは、絶滅が危ぶまれて久しい。人工植林によって減少した天然林が原因だ。現在、棲息調査のため、無人カメラを四国山地の東部山岳地域に設置している。残念ながら、ツキノワグマの撮影に成功したという報道をいまだ知らない。命への恩恵をもたらす北海道の山々は、まるごと世界自然遺産となり得る。決して疲弊させてはならない。

（二〇一四・二・三）

祭りのルーツ

山深いことで知られる高知県の仁淀川町に「秋葉《あきば》まつり」という古式ゆかしい祭りがある。カラフルな時代祭の行列が山腹の里道を練り上がり、村の一番高見に鎮座する秋葉神社へ渡《と》御《ぎょ》する。実は、我が郷里の祭りながら、初めての参加だった。三日間続く祭りのピークは、集客の便宜を考慮して二月十一日の建国記念日に当てている。ちょうど「さっぽろ雪まつり」の期間とも重なるが、二月半ばから菜の花の時季を迎える南国高知ならではの春祭りだ。

とはいえ「秋葉まつり」の催される仁淀川町は、愛媛県との県境に位置する四国山地の深奥部。この時季、まだ雪化粧を施した峰々が聳える。仁淀川渓谷に沿う国道から見上げれば、まさしく秘境と呼ぶにふさわしい。段々畑と村落の家並みが天空へと至る光景を、チベット地方や南米インカの都市遺跡マチュピチュになぞらえて揶揄《やゆ》する人々さえいる。

秋葉神社の縁起は古く、源平合戦で平家が滅んだ八〇〇年以上の昔、幼帝・安徳《あんとく》天皇を擁した平家の一行が留まったという伝承故事にちなむ。源氏勢力の追っ手に備えた見張り番役の一人が、今の静岡県北西部、遠州秋葉山から「秋葉大神」を分霊したと伝わる。祭神は、火をつかさどる火産霊命《ほぶすなのみこと》。

壇《だん》ノ浦《うら》へ入水《じゅすい》して果てたとされる安徳天皇だが、落ち延びたとの異説は多い。生存伝承の地は、九州四国を中心に二〇カ所以上あるようだ。古来、共同体の結束のため、平家などの象徴的な血族名を名乗る習慣はあった。けれども、平家の滅亡を決定づけた屋島《やしま》の戦い以後、四国山地へ分け入った安徳天皇一行の落人《おちゅうど》ルートはことのほかリアルに語られる。落人ルートの地図によると、ルートの第一拠点は徳島県三好《みよし》市の祖谷《いや》で、最終地となる仁淀川町の横《よこ》倉山《くらやま》とを峰伝いの間道《かんどう》で結んでいる。横倉山の鞠ケ奈路《まりがなろ》は、宮内庁直轄の安徳天皇御陵参考地として整地されており、秋葉神社との距離も遠くない。山歩きに慣れた者なら半日で着けるだろう。

太刀《たち》踊りを行いながら練り歩く武者装束《しょうぞく》の少年たちは、平安絵巻に見る稚児《ちご》行列さながら。祭りは男子のみに許されていて、白粉《おしろい》と紅の化粧がなんとも愛らしい。大人の扮する行列には、獅子《しし》、悪魔と呼ぶ鬼面、鼻高の天狗《てんぐ》面、太鼓を担ぐ狐《きつね》面、おかめ、ひょっとこ面のひょうきんな油売りやらが続く。ご神体を乗せた暴れ神輿《みこし》も加わるが、練りのスターは何と言っても〝鳥毛《とりけ》ひねり〟を行う二人の若者だ。一人の若者が七メートル近い鳥毛房の付いたヒノキ棒を高々と投げ飛ばし、もう一方の鳥毛役がキャッチする。その拍子に鳥毛のヒノキ棒は地上すれすれまでたわむものの、おおむね無事に受け渡される。手ぶらとなった投げ手は、両手をワシの翼のように広げてゆったりと舞う。二人の華やかな火消し装束は、御祭神の火の神に由来する。もともと密《ひそ》かに継承されていた神事が、公開の「秋葉まつり」となったのは二〇〇年ほど前らしい。二〇一四年の観客数は一万人前後と聞く。

祭りには、もう一つ高知ならではの〝おきゃく〟と呼ぶ宴会がつきもの。練りの進むコースにおいて、祭りのポイントとなる三軒の名門家も〝おきゃく〟の宴《うたげ》で賑わう。そのうちの一軒、町長宅の大石《おおいし》家へお邪魔した。酒と贅沢《ぜいたく》な皿鉢《さわち》料理とほしいままの酒瓶の並ぶ座敷が開け放たれ、来訪者を自由に迎える。外国人グループもいれば、日本の各地から訪ねてくる客がひしめく。大石家では、三日間にのべ五〇〇人見当の客をもてなすそうだ。「どちらからお見えになったんですか」。近くの席に座した青年へ声をかけた。「北海道からです」と即答。これには、たまげた。と同時に、嬉しさが込み上げてくる。

どうやら、この〝おきゃく〟の宴に僕の乾杯癖のルーツを垣間見た気がする。

（二〇一四・三・七）

春は小走りに北上す

二〇一四年三月十八日、桜（ソメイヨシノ）の開花宣言が、いち早く高知市から発表された。高知と同じく黒潮の影響で温暖な宮崎県は、一日遅れの十九日に開花を宣言した。いつのころからか、両県は日本一早い開花宣言を競うようになっており、なんとも南国らしいライバル意識といえる。

僕が宮崎県の日向《ひゅうが》市を訪れたのが二月末日。やや内陸部の山間《やまあい》に在る若山牧水記念文学館へ向かう日向路は、菜の花が咲き乱れていた。文学館は公園として整備された丘陵に建ち、講演用の立派なホールまで備えている。丘陵の下方を耳川《みみがわ》の支流が走り、その対岸に牧水の生家もある。周辺の景色は、山裾《やますそ》に抱かれた日だまりのような村里の印象だった。旅と自然と酒をこよなく愛し、ひたすら歌人としての生涯を全うした牧水。旅人生を象徴するかの歌が第一歌集『海の声』（明治四十一〔一九〇八〕年刊）に詠まれている。

幾山河《いくやまかわ》越えさり行かば寂しさの終《は》てなむ国ぞ今日《きょう》も旅ゆく

誰しも、この歌と牧水の人生を重ねたくなるようだ。初めにして、辞世の歌とさえ感じる。旅の果てとなる晩年の八年間、静岡県沼津市に移り住み、千本松原と富士の眺めを楽しみながら過ごした。同地で、四三年の生涯を閉じた。詠んだ歌の数は八八〇〇首以上にのぼる。過度のアルコール摂取が死因とされている。

文学館館長の伊藤一彦《いとうかずひこ》さんは、牧水が旅へと駆り立てられた心情を「〝あくがれ〟の文学」として説明。伊藤さんは、牧水研究の第一人者とされる宮崎県出身の歌人。〝あくがれ〟の語源は、「在処《あく》」と「離《か》る」の二語で、「心のいま在る処《ところ》から、何かに誘われ離れ去って行く」と説く。本来「魂が身から離れる」ことを指し、精神的意味合いは重い。現代語の軽いイメージを伴う「思い〝あこがれ〟る」とは、ニュアンスを異にする。牧水は今でも国民的歌人としてのファンを持ち、地元の人々からは郷土の宝物のように敬愛されていた。沼津市でも牧水人気は絶大と聞く。

その夜、日向の中心街にある宿へ戻り、土産《みやげ》でいただいた芋焼酎「あくがれ」（富乃露《とみのつゆ》酒造店）のお湯割りを飲んだ。僕の旅行鞄《かばん》のサイドバッグには、『牧水酒のうた』（社団法人沼津牧水会発行）なる小冊子を忍ばせてある。常に読むわけじゃあないけれど、酒をテーマとする短歌三六七首が収録されているというだけで安心する。

翌日、日本最大級の柱状節理《ちゅうじょうせつり》の断崖見物に日向岬へ足を延ばした。柱状節理とは、四角い柱状の岩から成る地層のことだ。日向灘へ突き出た岬の先端部分は荒波に洗われた柱状節理が剥《む》き出しており、絶景ポイントを呈している。馬ヶ背《うまがせ》と呼ぶ尾根筋の遊歩道からは、幅一〇メートル、奥行き二〇〇メートルの鋭く切れ込んだ入り江が望める。壁は高さ七〇メートルの柱状節理。一五〇〇万年前の火山活動で形成された岩盤らしい。なかなかスリリングなビューポイントだ。散策の途中、観光客グループの先頭を歩く中年女性から声をかけられた。

「北海道から来たのよ」と目を輝かせる。ここ数年、南国で出会う北海道からの観光客の多さに驚かされる。大雪山系が白銀の雄姿を見せる三月の末。高知県の南国市《なんごく》あたりでは、すでに田植えが始まっている。かくも変化に富む列島の自然環境であってみれば、南へ北へと旅心をそそられるのも当然だろうか。

辺境の地に点在する観光スポットで、遠方からの旅行者と言葉を交わした時。ふと、牧水の〝あくがれ〟を思うことがある。

（二〇一四・四・八）

あとがきにかえて

いくぶんハードな登山を終えて、一息つく。風にひと撫《な》でされて、しばし放心する。そうして僕の一日は暮れるが、それを大切な冒険だったと思うようにしている。紀行エッセイは、そんな日常の小さな冒険を積み重ねた旅日記なのかもしれん。

ある時期、旅の関心が海外から日本列島へ移った。
「あんな美しいところへ行ったことがないのですか」
美しいところとは北海道のことで、香港観光局の女性職員から投げかけられた言葉だった。もう、ふた昔ほど前のことになる。

翌年、青森県の白神《しらかみ》山地を経た後、フェリーを利用してそのまま北海道へ渡った。訪れた大雪山《たいせつざん》系は聞きしに勝る大パノラマ。透明な空気の中であらん限りの紅葉が煌《きら》めいていた。香港女性のお節介は、正しかった。

以後、北海道の雄大な自然と湧き水の虜《とりこ》となった。

短い北の夏は、山も湿原も花々に覆われる。大雪山が人々を懐へ迎えてくれる唯一の時だ。南北六三キロメートル、東西五九キロメートルの大雪山系を舞台に、神々の遊ぶ庭を意味するアイヌ民族の言葉「カムイミンタラ」と呼ぶ光景が出現する。

岳から岳へと連なるなだらかな裾野《すその》に雪渓《せっけい》が点在し、あたりは高山植物のお花畑と化す。その雪渓を取り囲む可憐《かれん》なエゾコザクラソウ（蝦夷小桜草）の群落は、淡いピンクの絨毯《じゅうたん》と見紛《みまが》う。

白い花弁に黄色い雄蕊《おしべ》を持つチングルマ（稚児車）の群生地も多い。花の散った後のチングルマは、渦巻く小さな風車状の綿毛に変貌し、再び登山者の目を楽しませる。

やがて、登山道から人の気配は消え、西日が山影に沈む。

野生の時間が戻った夜のお花畑へ、またひとつ星が降るに違いない。

相変わらず僕は、旅路の真ん中にいる。旅がいつ始まり、いつ終わるのかも分からない霧の中だ。

深夜、心臓の鼓動に驚いて目覚めることがある。黄泉《よみ》の番人が打つ太鼓の音だろうか。その時を刻むかの音が止《や》む時、僕の旅も終わる。

それでも、日本列島への愛着は深まるばかり。

気が付けば、俳句や酒との仲ものっぴきならなくなっていた。おまけに暇なしで、ちょっと危うい前のめりの日々を送っている。

驚異的な辛抱強さでお付き合いくださった、編集担当の並木光晴さん。持ち味の完璧主義と実直な人柄には心底敬意を表します。

実は、初対面の時から本書の運びを期していました。

いつの日かこの書が、日焼けした老人の手から少年の眩《まぶ》しい手にさり気なく渡される。そんな光景を目にしたら、共に泣きましょう。

二〇一四年　秋

吉田　類

俳句索引

扉写真　吉田　類

吉田 類（よしだ・るい）

高知県出身．イラストレーター，エッセイスト，俳人．酒場や旅をテーマに執筆活動を続けている．BS-TBS「吉田類の酒場放浪記」（2003年９月放送開始）に出演中．『東京立ち飲みクローリング』（交通新聞社），『酒場歳時記』（NHK出版），『酒場詩人・吉田類の旅と酒場俳句』（KADOKAWA）ほか著書多数．

酒場《さかば》詩人《しじん》の流儀《りゅうぎ》

中公新書 *2290*

2014年10月25日発行

著 者 吉田 類
発行者 大橋善光

本文印刷 暁 印 刷
カバー印刷 大熊整美堂
製 本 小泉製本

発行所 中央公論新社
〒104-8320
東京都中央区京橋 2-8-7
電話 販売 03-3563-1431
編集 03-3563-3668
URL http://www.chuko.co.jp/

Published by CHUOKORON-SHINSHA, INC.
Printed in Japan ISBN978-4-12-102290-5 C1295

中公新書刊行のことば

いまからちょうど五世紀まえ、グーテンベルクが近代印刷術を発明したとき、書物の大量生産は潜在的可能性を獲得し、いまからちょうど一世紀まえ、世界のおもな文明国で義務教育制度が採用されたとき、書物の大量需要の潜在性が形成された。この二つの潜在性がはげしく現実化したのが現代である。

いまや、書物によって視野を拡大し、変りゆく世界に豊かに対応しようとする強い要求を私たちは抑えることができない。この要求にこたえる義務を、今日の書物は背負っている。だが、その義務は、たんに専門的知識の通俗化をはかることによって果たされるものでもなく、通俗的好奇心にうったえて、いたずらに発行部数の巨大さを誇ることによって果たされるものでもない。現代を真摯に生きようとする読者に、真に知るに価いする知識だけを選びだして提供すること、これが中公新書の最大の目標である。

私たちは、知識として錯覚しているものによってしばしば動かされ、裏切られる。私たちは、作為によってあたえられた知識のうえに生きることがあまりに多く、ゆるぎない事実を通して思索することがあまりにすくない。中公新書が、その一貫した特色として自らに課すものは、この事実のみの持つ無条件の説得力を発揮させることである。現代にあらたな意味を投げかけるべく待機している過去の歴史的事実もまた、中公新書によって数多く発掘されるであろう。

中公新書は、現代を自らの眼で見つめようとする、逞しい知的な読者の活力となることを欲している。

一九六二年一一月

言語・文学・エッセイ

433 日本語の個性 外山滋比古
2083 古語の謎 白石良夫
533 日本の方言地図 徳川宗賢編
500 漢字百話 白川 静
2213 漢字再入門 阿辻哲次
1755 部首のはなし 阿辻哲次
1831 部首のはなし2 阿辻哲次
2254 かなづかいの歴史 今野真二
1880 近くて遠い中国語 阿辻哲次
742 ハングルの世界 金 両基
1833 ラテン語の世界 小林 標
1971 英語の歴史 寺澤 盾
1212 日本語が見えると英語も見える 荒木博之
1533 英語達人列伝 斎藤兆史
1701 英語達人塾 斎藤兆史

2086 英語の質問箱 里中哲彦
2165 英文法の魅力 里中哲彦
2231 英文法の楽園 里中哲彦
1448 「超」フランス語入門 西永良成
352 日本の名作 小田切 進
212 日本文学史 奥野健男
2285 日本ミステリー小説史 堀 啓子
2193 日本恋愛思想史 小谷野 敦
563 幼い子の文学 瀬田貞二
2156 源氏物語の結婚 工藤重矩
1965 男が女を盗む話 立石和弘
1787 平家物語 板坂耀子
2093 江戸の紀行文 板坂耀子
1233 夏目漱石を江戸から読む 小谷野 敦
1672 ドン・キホーテの旅 牛島信明
1798 ギリシア神話 西村賀子
1933 ギリシア悲劇 丹下和彦

1254 ケルト神話と中世騎士物語 田中仁彦
2242 オスカー・ワイルド 宮崎かすみ
275 マザー・グースの唄 平野敬一
1790 批評理論入門 廣野由美子
1734 ニューヨークを読む 上岡伸雄
2148 フランス文学講義 塚本昌則
2251 〈辞書屋〉列伝 田澤 耕
1774 消滅する言語 デイヴィッド・クリスタル 斎藤兆史・三谷裕美訳
2226 悪の引用句辞典 鹿島 茂

言語・文学・エッセイ

中公新書

地域・文化・紀行

t 1

中公新書

地域・文化・紀行 t2

2194 梅棹忠夫―「知の探検家」の思想と生涯 山本紀夫
560 文化人類学入門（増補改訂版） 祖父江孝男
741 文化人類学15の理論 綾部恒雄編
1311 身ぶりとしぐさの人類学 野村雅一
1822 イヌイット 岸上伸啓
92 肉食の思想 鯖田豊之
2129 カラー版 地図と愉しむ東京歴史散歩 竹内正浩
2170 カラー版 地図と愉しむ東京歴史散歩 都心の謎篇 竹内正浩
2227 カラー版 地図と愉しむ東京歴史散歩 地形篇 竹内正浩
1604 カラー版 近代化遺産を歩く 増田彰久
1748 カラー版 ギリシャを巡る 萩野矢慶記
1692 カラー版 スイス―花の旅 中塚裕
1603 カラー版 トレッキング in ヒマラヤ 向一陽 向晶子
1969 カラー版 アマゾンの森と川を行く 高野潤
2012 カラー版 マチュピチュ―天空の聖殿 高野潤
2201 カラー版 インカ帝国―大街道を行く 高野潤
2092 カラー版 パタゴニアを行く 野村哲也
2182 カラー版 世界の四大花園を行く―砂漠が生み出す奇跡 野村哲也
1869 カラー版 将棋駒の世界 増山雅人
1926 自転車入門 河村健吉
2117 物語 食の文化 北岡正三郎
415 ワインの世界史 古賀守
1835 バーのある人生 枝川公一
596 茶の世界史 角山栄
1930 ジャガイモの世界史 伊藤章治
2088 チョコレートの世界史 武田尚子
2229 真珠の世界史 山田篤美
1095 コーヒーが廻り世界史が廻る 臼井隆一郎
1974 毒と薬の世界史 船山信次
650 風景学入門 中村良夫